パーフェクト・マティーニ

鈴木 隆行

駒草出版

パーフェクト・マティーニ

目 次

六本木　Roppongi
赤い靴の女性 ……………………… 8
外資系の投資トレーダー ………………… 12
銀座のホステスと会社経営者 ……………… 18

ニューヨーク　N.Y.C.
アクターズスタジオの
俳優志望のバーテンダー ………………… 28
パーフェクト・マティーニ …………… 38

那須　Nasu
会員制オーベルジュの
女性オーナー ……………………… 50
8年間最後のカクテル ………………… 55

汐留　Shiodome
ベニーグッドマンの
最後のボーカリスト ………………… 64

TAKAYUKI SUZUKI'S　Original Cocktail
AKAIKUTSU　赤い靴 ……………… 80
no name　ノーネーム ……………… 82

Last Sunday　ラストサンデー	84
Hard Shake Bloody Mary ハードシェイク・ブラッディマリー	86
Green Breeze　グリーンブリーズ	88
Rose Bud　ローズバッド	90
MARTINIS　マティーニ	92
Rye Royal　ライロイヤル	94
Very Berry　ベリーベリー	96
My Friday　マイフライデー	98
Second Order　セカンドオーダー	100
BLOODY MARYS　ブラッディマリー	102
Michael Collins　マイケル・コリンズ	104
Le Midi　ル・ミディ	106
Off　オフ	108
Park Hotel Tokyo パークホテル・東京	110
Hard Shaken Salty Dog ハードシェイクン・ソルティー・ドッグ	112
Family　ファミリー	114
1588	116
Your Cocktail　ユア・カクテル	118
あとがき	124

Roppongi
六本木

赤い靴の女性

 扉がゆっくりと開いた。
 バーの扉の開き方によって、常連の方か初めてか、女性か男性かがわかる。一瞬で、どの席にご案内するのかを判断するのがバーテンダーの最初の仕事である。
「こんばんは」
 予想どおりの初めての女性。カウンターの真ん中に腰を下ろすなり、
「カルバドス下さい。ストレートでね」
 おしぼりを受け取ると、あたりをさり気なく見渡し、化粧室の場所を確認、最後に腕時計に目をやった。
 確実に待ち合わせ。それも男性待ちである。私は彼女が化粧室で、メイク直しする時間を作ってあげるために、ないグラスを洗う振りをした。
 席に戻った彼女は、なにやらいろいろと手帳に書きこみ、たばこに火をつけると、沢山の書類に目をとおす。その一連の仕草はまるで、手品師がカードを切るように鮮やかだった。
 年の頃は30代後半、ショートカットに体の線が美しい茶系のダークスーツ。どこにも隙のない

キャリアウーマンという感じ。話しかけるべきではなかった。
　気になったのは赤いヒールを履いていること。
　2本目のたばこに火をつけると連れの男性が来られ、10分程度でタクシーを呼んだ。支払いは彼女がした。
　その後、彼女は週2、3回のペースで来られるようになった。連れの男性は毎回違うが、飲み物はいつもカルバドス。色恋の話はなく、いつもビジネスの会話。3回に1回は赤い靴を履いていた。そして支払いは領収書なしで彼女がしていく。
　女性経営者として、スポンサーやクライアントとのビジネスディナーの前に、この店を利用しているようだ。連れの男性はいつも手玉に取られている感じがした。
　バブルが崩壊して、男達は夢をなくしたが、女性達は貪欲にそれを手に入れようとしていた。そんな時代だった。
　一言二言しか会話しないが、彼女は安心して接待に使える店として、気にいってくれたようだ。
　3ヶ月程して、彼女は初めて深夜に来られた。少し酔っていた。
「こんばんは。今日はプライベート。たまには一人で飲みたくてね」
「今日も赤い靴ですね」
　彼女は少し嬉しそうに、

「あら、知ってたの？」
「3回に一回は赤い靴ですから……」
「マリリン・モンローの『帰らざる河』って観た事ある？　私つらい時があると赤い靴を履くの。その映画でね、マリリンがいつも大切そうに赤い靴を持ってるの。どこに行っても大切そうにね。どうしてそんなに大切にしてるか、結局わからなかったけど、最後のシーンで素敵な男性に出会って、一緒に馬車に乗って旅立ちをするの。その時、大切にしていた、あの赤い靴を投げ捨てるの。笑顔でね……」
「私もいつかこの赤い靴を投げ捨てたくてね。でも、家の下駄箱、赤い靴だらけだけど」
　彼女はチャーミングなウインクをしてみせ、たばこに火をつけた。今では完全に私に心を許していた。
「いつものカルバドスにしましょうか？」
「今日は何か別なもの。おまかせで」
　私はシェイカーを取り出すとカルバドスにクランベリー、クレームドカシスを入れ、少々のライムを絞り込み、素材の香りをとじ込めるように短くシェイクして、カクテルグラスに注いだ。
「カクテル？　久しぶりだわ」
「美味しいー。カルバドスのカクテルってあるのね。これ名前は？」
「ありません。今、考えましたから。……赤い

靴にしましょうか?」
「そうね。つらいことがあったら、飲み干しちゃえばいいもんね」

外資系の投資トレーダー

　その男性が初めて来られたのは、カウンターが混雑している、給料日後の金曜日。
　少し酔ってはいたが、ダブルのダークスーツに真っ赤なタイが決まっていた。かばんは持っていない。恐らくいつも持たないのだろう。
　彼らのほとんどがそうだが、どこかクールで紳士的な立ち振る舞いを見て、私は外資の金融関係とわかった。しかし、その繊細な眼鏡の奥は、どうも場違いな所に来たような、少し困惑した瞳をしていた。
「こんばんは。今日はどちらかでお食事の後ですか？」
「はい。ちょっとしたパーティーがありまして、少しワインを頂き過ぎました。いや、少しではないですね。完全に飲み過ぎです。すみません」
「そうですか。お酒は、飲み足りないか飲み過ぎたか、どちらかしかないですからね」
「そうそう。ちょうどいい具合なんて無理ですよね」
　私はコースターを出し、一瞬、灰皿を出そうとしたが、やめた。この手のタイプは葉巻はやっても、たばこはやらない。

「寝酒に一杯、いかが致しましょうか？」
「あのー、このようなお店に来て何なんですど、あまりカクテル知らなくて……」
「お好みをおっしゃって頂ければ、合わせて何かお作り致しますが、普段はワインドリンカーですか？」
「はい。ワインばかりですね」

　給料日後の金曜日はどんなに忙しくても、とても平和な夜である。とりあえず、懐も暖まり、いつもより優雅な気分で、それぞれ、お気に入りのお酒を飲む。休みの前の日に誰も仕事の話で真剣に討論するような馬鹿げたこともしない。

　23時20分。じきに終電組が引き、そして、いつもの静かなバーに戻る。

　そこで、私は目の前の迷える紳士にとびきりのカクテルを作ることにした。

　シェイカーの中に少々のブランデー、フレッシュミントを数束、それにオレンジピールを3枚入れ、香りを引き出すために、ハードシェイクした。クラッシュアイスに満たされたタンブラーにその中身を流し込むと、ジンジャーワイン、ジンジャーエール、ソーダの順に注ぎ、最後にオレンジピールの香りをしっかりと付ける。

「いやー、これいいですね。そのー、カクテルって甘くて強いしかイメージなくて。これって名前あるんですか？」

「ありません。初めて作りましたから。それに、このタイミングで飲むから美味しいんですよ。明日の夕方に飲んでも美味しくないですよ」
「いやー、参りました」
　3杯目のカクテルを飲み終えると、店には会計済みのカップルがまったりとしているだけで、彼は私を独占する形になっていた。
「すみません。そのボトルも見せて頂いても宜しいですか？　香草酒ってこんなに種類あるんですか？　これってアブサン？」
「はい。と言っても代用品ですね。昔は幻覚症状がでる成分が入っていたので、ピカソもゴッホもみんなこれで、やられちゃったみたいです。勿論これは大丈夫です」
　私は彼からの質問攻めをこなしながら、6杯のおまかせカクテルを作り続けた。
「いやー、全部ストライク。最高でした。遅くまですみません。チェックお願いします」
　会計は¥10,185であったが、私は端数をきった。こんな時間に誰も細かい数字なんか見たくないものだ。
「ちょうど1万円になります」
「えー、こんなに楽しんで？　安いね。他で飲むの馬鹿らしくなっちゃうよ。マスター、ワイン好き？　今度持ってくるから飲んでね」
　3日後の月曜日、店がオープンすると同時に、

彼は約束通り、ワインを持って来店した。
「マスターこれ飲んでみて、どっちが好みか後で教えて下さいね」
　何でもない紙袋を覗いて見ると2本のワイン。シャトーラトゥールとロマネコンティー。2本で数10万の品物だ。私は数1000万プレイヤーの気まぐれかと思い、彼のプライドを傷つけないように、何もわからない振りをして「いただきます」とだけ言った。
　それから、彼は毎日のように来店し、毎回ラストまで、何杯ものカクテルを飲み続けた。そして、お土産はいつも高級ワイン。あっという間に5大シャトーが揃い、シャンパンは80年代のサロンからクリュックのヴィンテージ、ソーテルヌの貴腐ワインから70年代のポートまで。時にはオープン前に良さげなセカンドラベルのワインがケースで届くこともあった。
　2本目のラトゥールを持ってきた夜、私は見るに見かねて彼に話をした。
「あのー、私はワインはプロではないですけど、こんなに高級なワインを……」
　彼は話を遮った。
「マスター知ってるよ。これだけのカクテル作るんだから、マスター、ワイン知ってるって。味、わかる人に飲んでもらいたいです」
　彼は少し落ち着きがなくなっていた。

「ほら、たまに来る、ワインスクールの子達に飲ませてあげてよ。マスターの好きな値段で売っちゃって構わないから……」
「そういう訳にはいきませんよ」
　しばらくして、彼は遠い昔を思い出すようにして突然こう言った。
「マスター、恋ってしたことある？」
「…………」
「昔、神戸の女性と恋に落ちてねえ。むこうは俗に言うお嬢様ってヤツ。当時、俺はしがない銀行員でさあ、まあ、釣り合いが取れないから、むこうの両親が反対してね。それでも陰で付き合っていたのよ。遠距離恋愛。神戸までの新幹線代稼ぐために銀行辞めてね。死ぬほど勉強して、海の向こうでMBAを取って、それで今の外資に入ったってわけ。もう新幹線のチケットは買う必要がなくなっちゃったけどね」
　彼は出されたカクテルには口をつけていなかった。話す口調がいつもと違っていた。
「俺さあー、外資って大嫌いなんだよね。隙さえあれば、人の足元すくってさあー、人を踏み台にしてのし上がって行くんだよ。毎週、毎週、何かといえばパーティーだよ。しまいにはかみさん連れて来るんだよ、かみさん。明日には、首を切られて、家族全員、路頭に迷うのにさあ。俺はそういうのいやでね。そんなパーティーじゃあワイン飲む

しかないじゃん。それで、覚えたのよワイン」
「グローバルな連中って、みんな日本のサラリーマン馬鹿にしているんだよね。いいじゃん日本のおやじ。上司、部下に気を使って、あかちょうちんで安酒あおってても、家族が笑って暮らせりゃそれでいいじゃん。そうやって日本はここまできたのよ。日本のサラリーマン最高!」
「……もう今の会社辞めたくてね。そうすれば、ワイン飲まなくてもいいじゃない。もうまずくて」
　その年の暮れ、彼は契約を更新しなかった。一緒にシャンパンを空けた。彼のコレクションの最後の一本だった。
　数ヶ月後のある土曜日。
「久しぶり」
　彼は真っ白なサマーセーターに茶色のチノパンを履いていた。少し日に焼けたようだった。
「実家が深川で、ちょっとした資材屋を経営してるんだけど、今、そこでお手伝い。まったくオヤジは頑固で困るよ。どんぶり勘定でキャッシュフローもリスクマネージメントもチンプンカンプン。外資じゃ即行首だね」
「ありがとう。ここでカクテルに出会って何か楽になったよ。また少しずつ、ワイン集め始めたんだ」
「それは良かったですね。まずいお酒なんてないですからね」

銀座のホステスと会社経営者

　私は数100本のボトルに囲まれながら、たばこに火を付けた。ようやく、月末の棚卸と在庫整理が一段落したからだ。飲みかけのクラブソーダを捨てて、自分のために、ウォッカトニックを作った。ソニークラークのクール・ストラッティンを流そうとした時に、背中で女性の声がした。
「こんばんは。お店、やってます？」
　長い黒髪が綺麗な若い女性と体格のしっかりした40代の男性のカップル。
「日曜日の六本木じゃ、随分とお店を探したんじゃないですか？　ご覧のとおりの状態ですけど、宜しければ何かお作りしましょうか？」
「宜しいですか。ありがとうございます」
　2人は砂漠でオアシスを見つけたように、もつれ合いながら、カウンターに歩み寄った。
　私はバックスペースでバーコートに着替え、さっと髪型を直し、ネクタイをしっかりと締めると、店内の照明を落とした。ソニークラークのCDをしまって、かわりに、エロルガーナーのミスティーを流した。カウンターの手洗いで充分に手を洗った後、氷水ですすいだおしぼりを2人に渡した。

「お待たせ致しました」
「すごーい、こんな所に素敵なバーがあるなんて知らなかったわ。ここってカクテルとか飲めるんですか？」
「こらこら、マスターに迷惑を掛けちゃ駄目だよ。お休みなのに飲ませてくれるんだから。私はビールを頂けますか？」
「はい。国産ですと小瓶になりますが」
「キリンのラガーがあれば……なければ何でも結構です」
　仕立ての良いワイシャツは、汗で胸元が濡れてはいたが、しわ一つなく、左腕にはローマ字でイニシャルの刺繍がしてあった。
「お連れ様はカクテルがお好きですか」
「はい。でも、私もラガーいただけます？」
　今では興奮もおさまり、男性のたばこに両手で火を付けると、完全に銀座の顔に戻っていた。香水の香りが漂った。
「こんな状態ですけど、宜しければ、カクテルお作り致します」
　私はリキュールが一本も手元に見あたらないので、シェイカーの中にオレンジのスライスとたっぷりの砂糖、ブランデーにレモンを絞り込み、すべてが濃縮して一体になるように、ハードシェイクして、カクテルグラスに注いだ。
「はい。カクテルです」

彼女は一口飲むと、また無邪気な少女の顔に戻った。とても綺麗だった。
「美味しいー。これってリキュール使ってないですよね。今まで飲んだカクテルで一番美味しい。ほらほら、ちょっと飲んでみて」
「うーん、本当だ。フレッシュ感とオレンジの香り、いいね。歩き回った甲斐があったね。よかったら、マスターも何か一杯やって下さい」
　２人はまだ食事に有り付けていなかったらしく、私は冷蔵庫をひっくり返して、有り合わせのおつまみをかき集めて出してあげた。出張帰りのお客様のお土産で、８年物のゴーダチーズがあったのが、少しもの救いだった。それでも２人は豪華なご馳走を食べるように喜び、とても幸せそうな時間を過ごしていた。私も幸せな気分になった。
　銀座のホステスと会社経営者。良く見る風景だが、何かが違った。
　午前０時をまわり、シルバーの腕時計に目をやると、残りのビールを一気に飲み干した。
「ご馳走様。六本木は接待でしか来ないんだけど、こんな良いバーがあったんだね」
「有り難うございました。今日はご覧の通り、お金いただける状態じゃないので。また、お２人でお越し下さい」
「いや、いや、それは駄目だよ」
と言うと、彼は厚手の長い財布から１万円札を何

枚も数え始めた。
「本当に結構ですよ。それでは今度の時にツケておきますので」
　私は必死に断った。すると、彼女のカクテルグラスを取ろうした手が一瞬、止まった。
「マスター、受け取って。また今度はないの」
　彼女は少しだけ、男性に視線を送り、そして、すぐにカクテルグラスに戻した。
「私達、日曜日にしか会えないから」
　2人は悲しく笑った。理由は分からないが、何かが分かった。しかし、それを聞くべきではなかった。
「それでは、来週の日曜日も店を開けますから、また今度」
　こうして、2人だけの日曜日の貸切バーが始まったのである。
　それから毎週日曜日、必ず2人はお店に来た。来るたびに彼女の化粧が薄くなっていた。
　ある日曜日。男性の47回目の誕生日を祝うために、私と彼女はサプライズ計画を立てた。その日、彼女はお店で待ち合わせすることにして、真っ暗なカウンターの中に隠れて一緒に彼を待った。約束の時間が来ると、彼女は笑いを堪えながら、キャンドルに火を付けた。私はシャンパンの針金をほどき始めた。
　扉が開いて、何も知らない彼が呆然としながら辺りを見まわすと……

「ポーン！」「ハッピーバースデー！」
　３人は大きな笑い声を上げた。大柄な彼が何か叫んで後ずさりすると、今度は静かな日曜日の六本木に響き渡るほど、何度も何度も大笑いした。
　まるで恋をしているようだった。それぞれ年齢や立場の違う３人は、お互いに、お互いのことが好きになっていた。おかげで私の休みはなくなったが、少しも苦にならなかった。日曜日が来るのが楽しみになっていた。仕事中にお酒を飲まない私は日曜日だけはグラスを口にした。３人は「我々の日曜日」が永遠に続くと信じていた。

「マスター、本当に行っちゃうの？　ニューヨーク」
「はい。夢でしたから」
「それにここのテナント、今月で契約が切れるんですけど、オーナーさん近い将来、このビル手放すみたいですから」
「じゃあ、私スポンサーになるから、お店出して。銀座の真ん中に」
「こら失礼だぞ。マスターはもう次の人生に向かってるんだから」
「わかってるもん」
　彼女は大げさにため息をついてみせた。
　彼は背広の内ポケットからご祝儀袋を取り出した。
「いい年をしてマスターにはすっかり甘えてしまって。これ、気持ち」

手に取っただけで大金とわかった。
「こんなには頂けません……」
　彼は手で会話を止めた。つけたばかりのたばこをもみ消すと、少しあらたまって言った。
「初めてこの店に来た時、私も彼女も本当に嬉しかったんですよ。ありがとう」
　彼女は私を見つめて大きく頷いた。そして、微笑みながら言った。
「マスター、あのカクテル作って。最初に作ってくれたやつ」
　私は大きめのシェイカーで例のカクテルを3杯作った。
　グラスを手にすると彼女は、ぽつりと言った。
「最後の日曜日ね」
　沈黙と寂しさが通りすぎた。
「これ、名前付けましょうよ」
「うーん、ラストサンデーは？」
　3人が同時に頷いた。
「それじゃ乾杯。ラストサンデー！」
「ラストサンデー！」

　数ヶ月後のニューヨーク。West 48thの私のアパートメントに日本語のポストカードが届いた。南イタリアの教会での2人の写真だった。
　彼女の字でメッセージが書いてあった。
「毎日が日曜日です」

N.Y.C. ニューヨーク

アクターズスタジオの
俳優志望のバーテンダー

　辺りがまだ薄暗く静まりかえっているam5:45のマンハッタン。
　West 48thのアパートメントの窓を開け、まだ何も始まっていない澄んだ空気を吸い込むと、私は煙草に火を付ける。短いシャワーを浴びて「village voice」のバーテンダーの求人広告にさっと目を通すと部屋を後にする。近くのデリで入れたてのコーヒーをカップに注ぎ、60セントのベーグルをかじりながら、足早にブロードウェイを横切る。店の入り口にたどり着き、誰にもつけられていないのを確認すると、私は背中で6個の鍵を開ける。ニューヨーカーが集まる小さなジャパニーズレストラン。私はここで20:00までキッチンで働き夜学のバーテンダースクールに通っていた。
　有り難いことに、ここはオープンカウンターのレストランで、私はアイドルタイムに常連客と会話しながら少しずつ英語を覚えることができた。裏方のスタッフはみんなメキシコ人でいくらかスペイン語も話せるようになっていた。NYの飲食業界では英語を覚えるよりもスペイン語を

覚えるほうが重要だ。お酒や食材を扱う配達人のほとんどがプエルトリコやドミニカなどのスペイン語圏の人達だからだ。私は彼らと仲良くなることで、あっという間にミッドタウンのレストランバー事情を把握することができた。

　カウンターの接客は売るものが違っていても、どこでも同じだ。私は常連の顔と好みを素早く覚えて、オーダーする前にいつもの席でいつもの料理を出してあげた。機嫌が良ければ話し相手になり、悪ければ目で挨拶するだけ。連れと一緒の場合は必ず何か一品サービスし、団体観光客の長い列の後ろに並んでいる時は他の客のクレームを無視して最優先で席まで案内してあげた。NYでは頭がきれるかルックスが良いか何か人より長けていれば誰でも食べていける。私のチップは次第に多くなり、店の客層と売り上げは右上がりに上がっていった。

　CNNのディレクターは、
「ゴジラの吹き替えを生放送でチェックしてくれないか」
とか、ポーランド移民の苦労人の元保健所職員は、
「君は賢いから大学に行きなさい。私の家に下宿して学費も援助しよう」
　レストランビジネスの仕掛け人は、
「デニーロと組んでクールなレストランを出すからマネージャーで来てくれないか」

など、私はこの見知らぬマンハッタンでさまざまな人脈が広がっていった。
　ある日、ランチタイムが一段落する頃、甘いマスクの物静かな青年が初めて私に話しかけてきた。
「君はNYに来てどのくらい？」
「まだ３ヶ月だけど……」
　彼は悪戯っぽい顔で突然言った。
「そうなんだろ？　君も役者なんだろう。わかるよ俺もオフブロードウェイのマチネじゃ、ちょい役で舞台に立っている。普段はアクターズスタジオに通っているんだ」
「アクターズスタジオって、あのジェームズ・ディーンが卒業したところ？」
「そう、モンローは成績が悪かったみたいだけど……まあー、今のハリウッドスターはほとんどが卒業してるね」
　彼は親友に話しかけるように目を輝かせていた。
「この店にはずいぶんと前から来てるんだけど、君が来てから変わったよね。お客も増えたし、それもみんな一流のニューヨーカーだよ。どうしてそんなに人の気持ちが掴めるんだい？　役者として興味深く見てたんだ」
「僕の英語は上手くないけど」
「アメリカ人より上手いよ」
「とにかく君のその表情なんだよね。何か黒沢映画の主人公のようだ。教えてくれないか？　そ

の感じ」
　私は彼の誤解を解くために熱いグリーンティーを出して一呼吸置いて言った。
「残念ながら、私は役者じゃないんだ。バーテンダーだ。演劇のスクールじゃなくて、夜学のバーテンダースクールに通っている」
　彼は大げさに笑ってみせると、
「嘘だろ？　バーテンダーになるために海の向こうを渡って来たって言うのかい？」
「そういうことになる。これでも私はアーティストのつもりだけど……」
　私は彼ががっかりすると思ったが違ったようだ。
「おもしろい！　まるでパラドックスだね。俺は表情を学ぶためにバーテンダーをやっている」
　そう言うと彼は1枚のショップカードを私に差し出した。
「コパカバーナ？　ミッドタウンではずいぶんと流行ってるみたいだね」
「知ってるのかい？　スクールは土日は休みだよね。とにかく君には興味がある。週末にでも遊びに来てくれ」
「OK。それじゃ土曜日にでも行ってみるよ」
「ドレスコードはうるさいんだ、スーツで頼む。それとわかっていると思うが、あの辺は治安が悪いからタクシーで来いよ」
　彼はいつもより多くのチップを置いていった。

彼の店までのタクシー代のつもりらしい。私も彼に興味がわいた。

　土曜日。私は黒のダークスーツにダブルカフスのシャツを合わせ、ウィンザーノットでタイを締めた。9番街の角でタクシーを拾うと、
「West 57th　コパカバーナまで」
と運転手に告げた。同じミッドタウンでも馴染みのない場所だ。ハドソンリバーが見え始めると、辺りはゴーストタウンのように静かになり、運転手はビルに書いてある住所を辿りながら速度を落とした。しばらくすると数台のリムジンが渋滞しており、その先にはドレスアップした人達の長蛇の列があった。
「ビンゴ！　あそこだね」
　エントランスでは空港並みのセキュリティーチェックを受けなければいけなかったが、私は彼に言われた通り、黒人のボディーガードにショップカードを渡した。
「OK、ブラザー入りな」
「ありがとう」
　そう言うと、私は握手をしながら10ドル札を握らせた。ボディーガードはVIP用の入り口を案内してくれて耳元で囁いた。
「東洋人だからって馬鹿にするヤツがいたら俺に言え、ぶちのめしてやるから」

NYには独特の「乗り」がある。その「乗り」を守っていれば何処でも安心だ。長い廊下を過ぎて、ボディーガードが最後の扉を開けると、中2階にあるVIPルームに出た。笑顔のカクテルウェイトレスがマティーニを渡してくれた。
　階段下には巨大なステージがあり、曲名は分からないがムーディーなキューバン音楽がフルオーケストラで演奏されていた。まるで古い映画を観ているようだった。白いタキシードの男性達とラテン系の美女がリズムに合わせてチークダンスを踊っていた。大理石のバーカウンターに座る女性達の後ろ姿はセクシーなドレスでとても華やかだった。
「やあー待っていたよ、ミスターバーテンダー。この忙しい日に2人もスタッフが休んで、ご覧の有様だ。そんな所で突っ立っていないで手伝ってくれないか。東京では結構な腕前なんだろ？」
　NYでは、してはいけないことが一つある。それは自分を謙遜することだ。
「君はラッキーだね。今から東京のベストバーテンダーがお手伝いをしてあげよう」
　私はマティーニを一気に飲み干すと、大勢の美女の間をくぐり抜け、注目を浴びながらゆっくりとカウンターに入った。
「皆さんにご紹介しよう。今夜、東京のベストバーテンダーがこのニューヨークに舞い降りた！」
　私は一斉に刺さるような視線を感じた。久しぶりの

緊張感だが、心地が良かった。無意識のうちに体が動いていた。大ぶりのボストンシェーカーをカウンターに置くと、開けた冷蔵庫の中で最初に目についたトマトジュースを取り出した。右手にウォッカ、左手にトマトジュースを手にすると、高い位置から一気にボストンシェーカーに流し込んだ。たっぷりの氷を入れ、目の前にいる一番綺麗な女性にウインクをすると、目の覚めるような高速のハードシェイクを２分間、続けた。リズムカルなシェイキングの金属音が響き渡ると、大きな歓声が起こった。私は彼女の前に置かれたシェリーグラスに最後の一滴まで、素早く注ぎきった。

　するとどうだろう。グラス一杯に注がれた赤い液体の中にビンテージのシャンパンのような細かい気泡が現れ始めた。その数は次第に増え、グラスの底から上へと、ゆっくりと集まりだした。その光景に魅了されている彼女に言った。
「ハードシェイクのブラッディーマリー。まだ駄目だよ、今にもっとクリーミィーな泡が出来るから」
　彼女は大きく頷くと、おあずけをされている愛犬のように辛抱強く待っていた。しばらくすると、真っ赤なカクテルの上澄みに真っ白なムースの層が出来あがった。
「すごい。これはアートだね！」
　誰かが言った。

「OK。君のドレスより滑らかだから。どうぞ」
　彼女は勝ち誇ったようにグラスを掲げ一口飲むと「あなた天才ね！」とだけ言った。沢山のドル札がカウンターに投げ込まれた。それから私と彼は深夜まで何杯ものカクテルを作り続けた。ボディーガードが最後の酔っ払いを叩き出すと、カウンターだけでもチップが500ドルを超えていた。

　私は毎週末「コパカバーナ」のカウンターに立つことになった。俳優志望の腰掛けバーテンダーの割には、彼は手先が器用で仕事の覚えは早かった。私と組んだおかげで彼の懐は温かくなり、今では完全に私を敬服していた。私は彼にカウンタービジネスの全てを教えてあげた。
　ある土曜日のピークタイム。いつものようにパニック状態になりそうな彼に言った。
「今、このカウンターの前には、どのくらいの人数がいると思う？」
「良く分らないけど30人ぐらいかな」
　私はカクテルを作っている彼の手を止めて言った。
「よーく見てごらん。そんなに多くない。20人だけだ。この20人、全てをつかもうとしても駄目だ」
　彼は作りかけのカクテルが気になっていた。
「そのカクテルは酔っ払いのオーダーだ。死ぬほど待たせて置けば良い」

「OK、いいかい、蛇をつかむのに尻尾をつかんだら、嚙まれるだけだよね。蛇をつかむには頭をつかまなければならない。それじゃ、この中で誰が頭だと思う？」
　彼は一番ゴージャスな女性に目をやった。
「そう。彼女がおかわりをすれば、みんなおかわりをする。まず、つかむのは彼女だ」
　彼女の取り巻きは声の大きい６人の男性だった。それぞれ勝手にカクテルを注文し始めた時、私はいつものように毅然として言った。
「それではレディーファーストでお先に女性から、お伺い致しましょう。お好みのカクテルはございますか？」
　彼女はご機嫌になった。周りの男性が静かになった。
「色が綺麗でウォッカベース」
「コスモポリタンはいかがでしょう」
「いいわ。少し甘めにして下さい」
　彼は私を見て、理解したように目で頷いた。
「人の心を観るんだ。君が演じる役柄のように、何を想って人がここにいるのか……」
　彼の目の前には葉巻をくわえた巨漢の男性と金髪のグラマーな女性が、さっきから、いちゃついていた。私は彼に言った。
「彼女は君に気がある。気を引こうとして、いちゃついているんだ。構ってあげないと帰っ

ちゃうよ」
「それに、隣のカップル、女性の方が3杯多い。仲の良いカップルだったら、同じ杯数のはずだ。彼女は先に帰るよ、そして取り残された彼はもっと強い酒をたのむことになる」
　ピークタイムのラッシュが落ち着いた頃、私の予言通り、取り残された男性がため息をついていた。
「ヘイ！　バーテンダー、スコッチ、ロックで」
　私はダブルにしてあげて言った。
「こんな日もあるさあ。この一杯は店のおごり。飲んだら帰りな、今日はいいことないから」
「この寒空に出ていけって言ってくれて有り難う。君、優しいんだね」

　数ヶ月後。
「君のおかげでバーテンダーは今日で最後だ。オーディションに合格したんだ。TVの昼メロだけどね」
「君と出会えて良かった。アーティストって物がわかったような気がする」
「おめでとう！　乾杯しようか。何でいく？」
　彼はいつもの悪戯っぽい顔で言った。
「何でもいいのか？」
「当たり前だよ。さっさと言ってくれ」
「ミッドタウンのベストバーテンダーが作る、ハードシェイクのブラッディーマリー」

パーフェクト・マティーニ

　私はマンハッタンの何処にでもありそうなバーのカウンターでバドワイザーの小瓶をチェイサーにブッシュミルズのストレートを飲んでいた。
　木目調の落ち着いた内装、心地よい高さのハイテーブルと椅子、セント・パトリックス・デーを思わせる緑色の壁にはケネディーの肖像画が2枚飾られていた。NYのバーと言うと、摩天楼を見下ろすスカイラウンジや有名デザイナーが手がけるスタイリッシュなバーを連想するが、10ドルだけ握りしめて街場をさまよってみると、必ずこの手のアイリッシュバーに辿り着く。
　1パイント2ドル50セント。どのように経営が成り立っているのか知らないが、いつでもお客が少ない。私は仕事帰りに、赤毛のアイルランド系のバーテンダーと無駄口を交わしながら、2、3杯、引っかけて行くのが日課になっていた。しかし、今日の客層は違っていた。羽振りの良さそうな紳士が続々とスイングドアを開けて、席に着くなり、それぞれ、カウンターに煙草と20ドル札を数枚置いた。街場ならではの本腰を入れて飲む合図だ。フランス系カナダ人のような訛りの金髪男が、細長い

煙草をくわえながら言った。
「おい、おい、こいつはマティーニの作り方も知らないのか？」
「もう一度言うぞ、ペルノトップウォッカマティーニ、アップ、ダブルオリーブにレモンツイストだ。ウォッカはアブソリュートで頼む」

　簡単な仕事だからと言われて、親戚の叔父さんの経営するこのバーに働き始めた彼は、こんな日が来るとは夢にも思わなかっただろう。普段はアイリッシュウイスキーのストレートか水っぽいドラフトビールを注ぐだけで、後は冷えたピザをかじりながらヤンキースVSレッドソックスの試合をTVで見ていれば、いくらかの小銭が稼げたのである。しかし、このエリアの再開発によって、良さげなレストランや画廊、オフィスビルなどができ始めて、完全に人の流れが変わった。ブロードウェイの華やかなネオンの光がまったく届かない、しがないこのバーは今では誰でも目にする、絶好のロケーションになっていた。私はミスターボストンのカクテルブックを慌てて、めくっている彼に言った。
「いくら見ても、そこには載ってないよ」
「それじゃあ、ヤツは何を言っているんだい？ジャンヌダルクの呪いの言葉か何かか？」
「彼はメイフラワー号でやって来た清教徒達が発見した、神聖な飲み物の話をしている。トップは上に振りかける、アップはストレートの意味だ。ち

なみにダウンはオンザロック」
　目をパチクリしている彼が言った。
「君はバーテンダーなんだろ？　頼むよ。教えてくれないか。叔父さんにはヴィレッジで腕利きのバーテンダーってことになってるんだ。ばれたらクビだよ」
「早めに告白した方がいい。今なら、まだ、皿洗いにありつける」
「冗談はよしてくれ。このままじゃみんなに食われちまうよ」
　カウンターには今にも暴動が起こりそうな声が鳴り響いた。見るに見かねて私は言った。
「どうやら、口で説明する時間はないようだ」
「シェイカーとミキシンググラスはあるんだよね」
「もちろん。使ったことはないけど……」
　私は頭をぶつけないように注意して、カウンターをくぐり、埃だらけのミキシンググラスを手に取った。充分にお湯で洗い流した後、フランス語訛りの彼の目の前で、作り始めて３分も経たないうちに、リクエスト通りのペルノトップマティーニを仕上げてみせた。あまりの手際の良さに驚いている彼が一口飲むと「トレビアン!」と叫んだ。私の方に20ドル札を滑らすと、上から優しく２回手で押さえた。つり銭はいらないと言う意味だ。その光景を静かに眺めていた白髪の老紳士が言った。
「手が空きましたら、私にも頂けるかな？」

上流階級のようなクイーン・イングリッシュが響いた。彼はカウンターに手の切れそうな100ドルの新札を置いた。どうやら、玄人の酒飲みに火をつけてしまったようだ。今日中には家に帰れないことを悟った私は老紳士に言った。
「いかが致しましょう？」
「ドライマティーニを下さい。ニューヨークで一番ドライなマティーニを」
　２人の間に決闘前のガンマンのような緊張感が走った。
　私はミキシンググラスを取り出すと、たっぷりの氷とミネラルウォーターを入れ、1分間で300回ほど、バースプーンを回した。氷がぶつかる音は一切出さない完璧なステアーだ。ミキシンググラスの周りに真っ白い霜が張りついたのを感じると、中身を捨てて、新たに氷を満たした。その中に少量のベルモットを注ぐと氷にくぐらすように、素早く、最後の一滴まで捨てきった。微かなベルモットの香りが、まとわり付いたミキシンググラスにドライジンを優しく流し込むと、今度は一切混ぜずにカクテルグラスに注いだ。比重が違う。上から覗き込んでみると、きりっと冷えた蒸留酒のジンの中にマーブル状に醸造酒のベルモットが泳いでいるのが見えた。
「リンスマティーニ。これ以上ドライなマティーニはチャーチルしか作れない」

手馴れた手つきで、マティーニを口に運ぶと、老紳士は満足げに頷いた。
「素晴らしいマティーニだ」
「チャーチルは残念なことをした。ジンとベルモットを混ぜることを諦めてしまったのだから」
　競うようにマティーニのオーダーが入った。ダーティーマティーニ、チョコレートマティーニ、スモーキーマティーニ、アップルタイザーマティーニ……。
　酒場の空気がすっかり和んだ頃、ベルモットのドライとスウィートの両方を使うパーフェクト・マティーニを飲んでいる彼が言い出した。
「OK。ひとつ面白い話があるんだけど」
　ウォール街から飛び出して来たような、このユダヤ人は話し上手だった。
「今まさにタイタニックが沈もうとしている。先に女性と子どもを救命ボードで避難させるように男達を説得しなけらばならない」
「さて、どのように説得するか？」
　カウンターのみんなが面白そうに注目した。彼は白髪の老紳士に指を差して言った。
「まず、イギリス人の場合……あなたは紳士ですから」
「次に、アメリカ人の場合……あなたはヒーローになれますから」
「今度は、ドイツ人の場合……規則でそうなってい

駒草出版　図書目録

2007年春

駒草出版株式会社

〒110-0016　東京都台東区台東1-7-2　秋州ビル2F
TEL/03-3834-9087　FAX/03-3831-8885
URL/www.dank.co.jp/top_komakusa.html

数秘術の世界 伊泉龍一・早田みず紀著

フォーチュン・テリング・ブック
ジリアン・ケンプ著
伊泉龍一訳

ラブ・マジック・ブック
ジリアン・ケンプ著
伊泉龍一訳

人並みという幻想 教育を考える
岡村遼司著

日本人の魂 明治維新が証明したもの
淵上貫之著

心の駅伝 安倍晋三君への手紙
田中克人著

漢方セルフメディケーション
河端敏博著

ココロとカラダに効く漢方 「薬日本堂」監修

私は負けへん ほんとうの名医に出会うまで
日高ようこ著

白いおばけのスー 親子で学ぶ防犯絵本
セコム株式会社子を持つ親の安全委員会監修
かみおゆりこさく・え

マカマカの地球歩き マカマクロシアへ行く
WWFジャパン監修

彼女がいきなりキレる理由(わけ)
マリオ・バルト著
ケルバー阿部洋子訳

体験版 わが家の防災
玉木貴著

実践版 わが家の防災 part2
玉木貴著

いや〜ん！ ばか〜ん！ カニリカーン
カニリカ著

王者の魂 私たちは馬場さんを忘れない
竹内宏介著
馬場元子監修

子どもの詩から見えるものシリーズ
江口季好編

①家族の形 真っ直ぐで、大切なもの
②友達の証 理由なんていらない
③感動の力 世界は感動であふれている
④いのちの和 ひとつの「いのち」つながる「いのち」
⑤平和の理 祈り、願い、そして望む

ますから」
「そして、ユダヤ人の場合……あなたにお金を借りますから」
　一斉にカウンターのみんなが笑った。今度は私を指差して言った。
「それじゃ、日本人の場合は……皆さんそうしてますから」
　拍手と笑いの歓声が起こった。見事に落ちにされた私はパーフェクト・マティーニを一杯ごちそうした。誰かが叫んだ。
「フランス人の場合は？」
　フランス系カナダ人の金髪男が言った。
「当たり年のワインが残っているから」
　みんなが笑った。イタリア系のハンサムガイが立ち上がって言った。
「最後にイタリア人の場合……いい女は船に残っているから」
　全員がグラスを掲げて乾杯をした。それから握手をして、肩を叩き合い、それぞれ、みんなマティーニをおごり合った。私はラストコールまで、68杯のマティーニを作り続けた。チップか誰かのお金か分からないぐらいのドル札がカウンターに並んだ。みんな、そんなことはどうでも良かった。いろんな人種が混在している中、さまざまなマティーニによって、一流の酒飲みが、この酒場に集まっていた。ヘルシーブームで無農薬のレス

トランバーやカフェイン抜きのカフェバーなどが大々的にメディアや雑誌に取り上げられているが、1枚皮をめくってみれば、マンハッタンは何も変わっていない。酒場に集まるニューヨーカーは大いに煙草を吸い、大いに強い酒を飲む。チップの気前は良く、独り遊びもできて、他人への思いやりを持っている。東京では死語になりつつある「粋」に近いものが、カウンターカルチャーとして、しっかりと受け継がれているのだ。

　私とアイルランド系の彼は誰も居なくなった閉店後のバーカウンターでパーフェクト・マティーニを飲んでいた。キャッシュレジスターに入りきれないほどのドル札がピッチャーに詰めこまれていた。申し訳なさそうに彼が言った。
「今日はありがとう。オレ何もできなくて、その……このチップ全部持っていってくれないか」
「またカクテル教えてもらいたいんだけど」
「そうだね。平日の2、3日だけなら大丈夫だけど、それじゃ足りない。チェルシーに国際バーテンダースクールってのがある。短期コースで10日間、しっかり基本を学ぶことができる。今日のチップ、600ドルはありそうだね。授業料はそれで足りるだろう。全部使ってくれ」
　彼は今にも泣き出しそうな顔をしていた。
　私は言った。
「この一杯はごちそうしてくれよ」

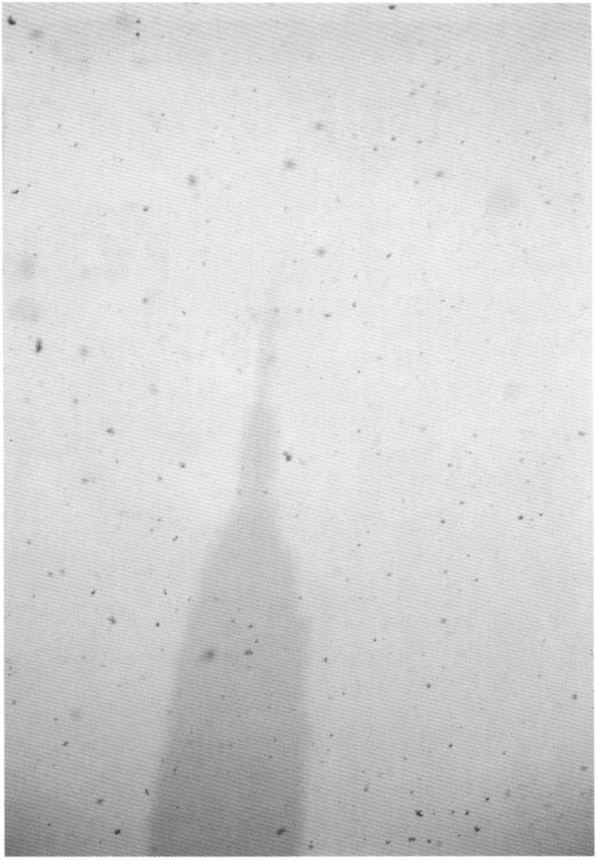

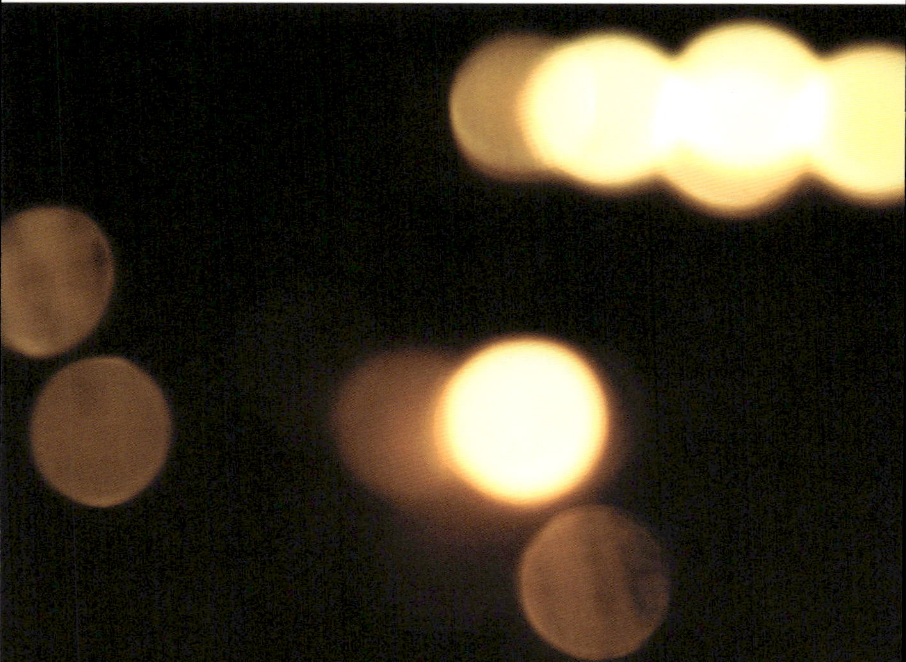

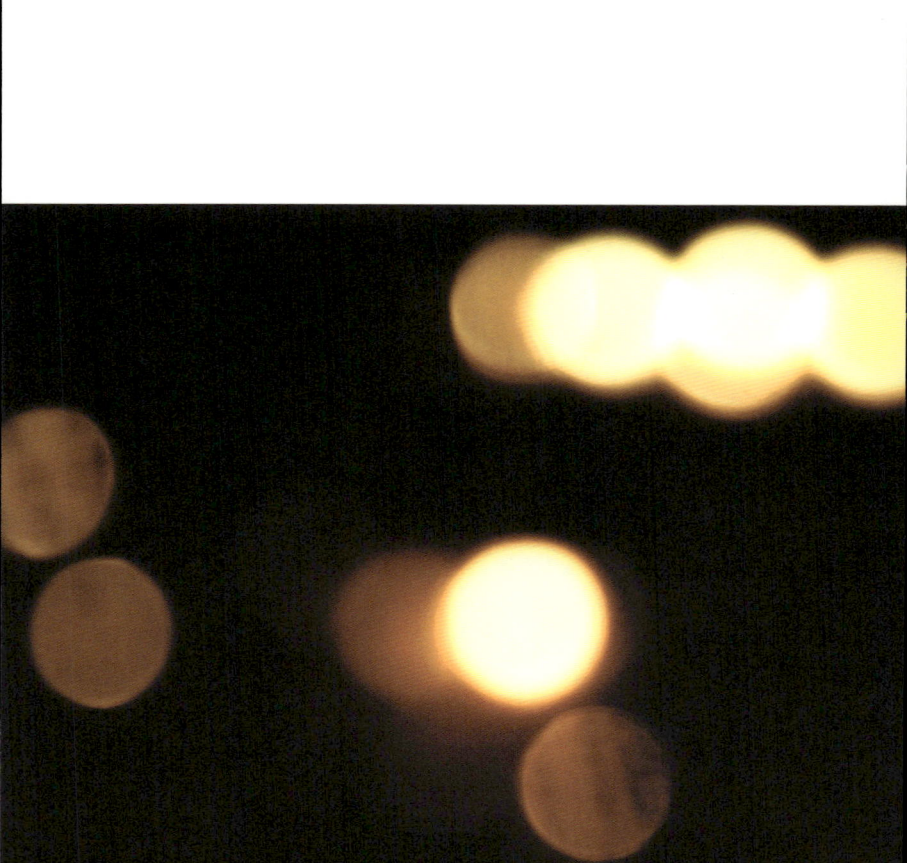

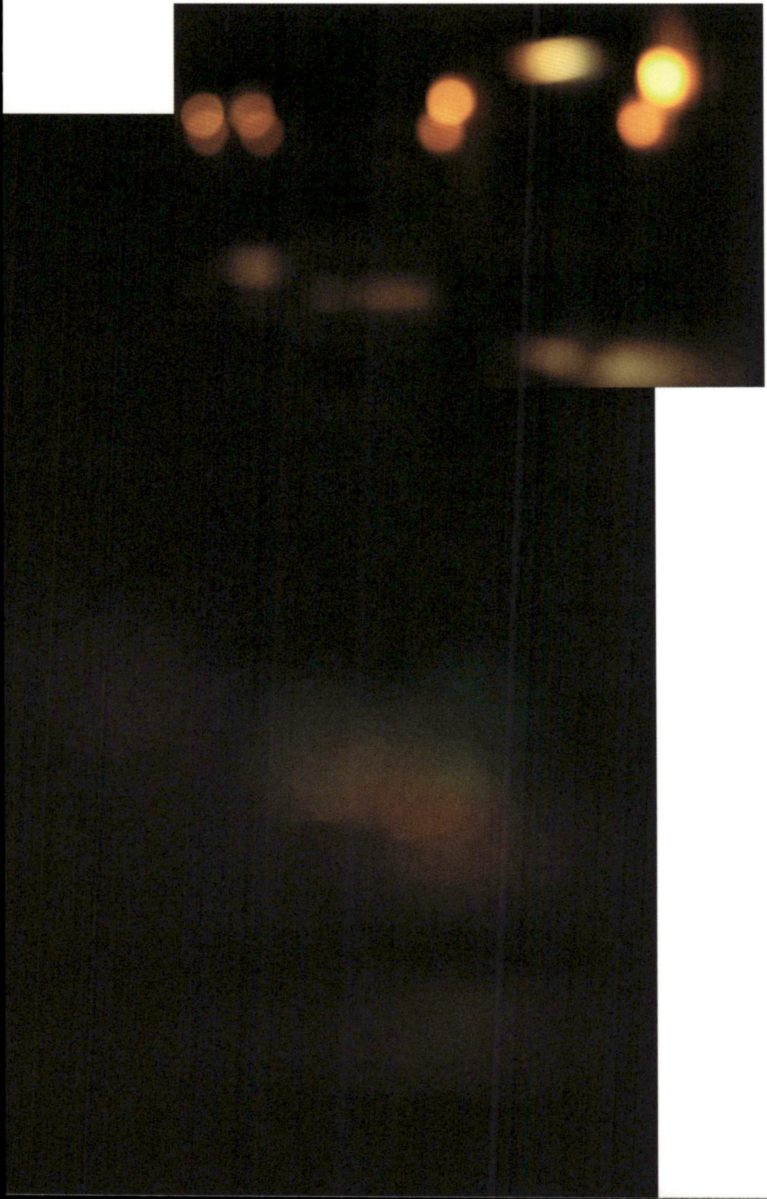

Nasu 那須

会員制オーベルジュの
女性オーナー

　3万5千坪の敷地の中にたった6室だけの会員制ホテルを作ったのは、彼女がまだ30代の頃だったそうだ。大谷石の外壁は那須の自然にしっくりと溶け込んでおり、建築家にデザインされた建造物の目の前には5cmほど水を張った巨大な池があった。さざなみに揺れる水面には変わりやすい那須高原の空模様を映し出していた。客室やロビーラウンジには彼女のコレクションである、現代ガラス作家などの調度品がさり気なく鎮座されており、どこか偶拝を許さないプロテスタントの教会のような凛とした空気が漂っていた。私はお金の使い方を知っている日本人に初めて逢った。
「ニューヨークにいらしたの？　どちらでお勤めだったのかしら」
「バーテンダースクールを卒業した後はいろいろな街場のバーで修行していました」
「こんな山奥じゃ飽きちゃうかしら？　今回のリニューアルで素敵なバーを持つのが夢だったの。それで探していたの。最高のバーマンを」
　飾り気のない彼女の立ち振る舞いが心地良かった。

黒真珠のネックレスがとてもシックだった。
「私、カクテルってあまり知らないの。お酒は何でも好きなんだけど、普段はワインばかりで。食事の後はクルボアジェかカルバドスしか飲まないわ」
　曇が晴れて那須連山の雄大な山々が現れ始めた。何処かで鳥のさえずりが聞こえた。透き通る清流に２匹のヤマメが涼しげに泳いでいた。私の前をゆっくりと歩いている彼女が足元の山百合を眺めながら言った。
「そうそう、あなたにこのホテルのオリジナルカクテルを作ってもらいたいの」
　私は一瞬で頭の中にカクテルレシピが浮かんだ。
「かしこまりました。自然のハーブでも使いましょうか？」
　彼女は振りかえると言った。
「気に入ったわ、あなたのそのセンス」
　満足そうな彼女の笑顔に、夏の日差しが差した。とても綺麗だった。森の木々が軽やかに揺れ始めると、緑のそよ風が通りすぎていった。

　ホテルのバーラウンジに戻ると、彼女はソファー席でインテリアデザイナーやグラフィックデザイナーなどの先生達に囲まれながら、大きな図面を広げていた。何やら、客室内のインテリア・デザインで意見がわかれていた。彼女は少し言い

くるめられている感じがした。私は静かにカウンターに入り、話のようすをうかがった。バックカウンターの後ろは一面ガラス窓で昼下がりの森の木漏れ日が柔らかかった。

　彼女は少し苛立ちながら言った。
「そうじゃないの、先生。何て言ったら良いのか……今の流行りとかじゃなくて、とにかく東京っぽくしたくないの。那須じゃなければ出来ないことをしたいんです」
　重たい空気が流れた。周りの先生達は答えに困っていた。彼女がカウンターにいる私を目で捕らえた。私に聞こえるように言った。
「少し休憩しましょうか。何か冷たいものでも」
　私は答えるように会話に入った。
「宜しければ、このホテルのオリジナルカクテルをお作り致しましょうか」
　驚いている彼女が言った。
「もうできたの？」
「はい。先ほど、一瞬でひらめきました」
と言うと、頭の中でイメージした通りに私の体が勝手に動き始めた。
　私は大きめなフランス製のクリスタルタンブラーを取り出すと、敷地内に群生していた自然のスペアミントの新芽を３束、グラスに落とした。ホワイトミントリキュールを注いで香りを出すためにバースプーンで優しく潰す。そして、えぐみを

取り除くためにリキュールの方はシンクに捨てる。取り寄せていた日光天然氷の氷柱を、大きな立方体に割り、グラスに合わせて、素早くアイスピックで球体に削りあげた。その透き通った丸氷を静かにグラスに入れると、フレッシュミントの香りが閉じ込められた。

　味を重ねるようにリンゴのブランデー・カルバドス、トニックウォーター、ソーダの順に注ぎ、最後に手のひらで叩いて香りを出したスペアミントの新芽を１束トップに添えた。

　混ぜない。それが重要だ。口元にグラスを運ぶと、飾られたフレッシュミントが嗅覚をくすぐる。一口目は単なるソーダだが、香りが味覚になる。グラスを重ねるごとに味が変化する。トニックの甘さ、ほのかな林檎の果実感、嗅覚がミントの香りに馴染んだ頃、最後の一口で今度は潰したミントの味が余韻を長くする。シェイクもステアーもしないが官能的なカクテル。

「赤や黄色の原色はこのホテルに似合わないから。那須の自然をイメージした、摘みたてのミントを使ったカクテルです。せっかくのお休みにリゾートに来られたのですから、このくらいの日差しの中で楽しんで頂きたいですね」

　先生達は手にしたカクテルを飲み終えるまで、誰も口を開かなかった。ただ何度も何度も頷いていた。穏やかに窓の外を眺めていた、オーナーの

彼女が言った。
「これ名前は？」
「グリーンブリーズ。緑のそよ風です」
　テーブルを離れ、1人だけ、カウンターに移ってきた彼女が言った。
「今日はやめにしましょう」
「グリーンブリーズを楽しみたいから」

8年間最後のカクテル

　メインレストランでは、まだ食事を楽しんでいるはずの時間。足早に黒いロングドレスの女性が階段を上がってきた。バーのソファー席に腰を下ろすと小さなため息をついた。
「ドライマティーニを頂けます？」
　このホテルで初めて聞く悲しい声の響きだった。彼女はカクテルピンが刺さった、オリーブを取り出すと、グラスを大きく傾けて、半分ほど飲み干した。取り出したオリーブをどうして良いのか戸惑いながら、また、グラスに戻した。普段は強いお酒を飲まないような不慣れな手つきだった。無理にお酒を口にしているように見えた。私はおかわりを聞く前に、そっと、お水を置いてあげた。
　2杯目のマティーニを注文した頃、彼女を探していたジーンズ姿の男性がぎこちなく席についた。とても不釣り合いなカップル。2人が口論を始める前に、私は何かが壊れていく空気を感じた。ミキシンググラスに氷を入れたまま2杯目のマティーニは作らずにいた。
　無表情の男性が話の途中で立ち去ると、しばらくして、一瞬だけ彼女の細い肩が震えた。長い

ストレートの髪を掻きあげると彼女は私の目を捕らえた。
「おかわりはそちらで頂いても宜しいですか？」
「どうぞ」
　私はゆっくりと時間をかけて、マティーニを作った。いつもより甘くした。カクテルグラスを眺めている彼女が口を開くまで、何も言わなかった。ただ、そばに居てあげた。
　くすり指にはマレッジリングをしていたが、独身女性のように見えた。上品なイヤリングと真新しいドレスはとても似合ってはいたが、初めてする格好に思えた。しばらくして彼女は顔を上げて無理に微笑んだ。私に目を合わせずに口を開いた。
「初めてお会いする方にこのような話をするのも変ですけど……」
「私達もう終わりなんです」
「８年間の結婚生活、今夜で終わり……」
「馬鹿げたことをしたわ。ここは一度は行ってみたい２人の憧れのホテルだったんです。せめて最後の夜は昔みたいに笑ってお別れしようと……馬鹿ね、何を期待してたのかしら？　もう駄目なのに」
　私はただ黙っていた。口を挟むべきではなかった。
「８年間、と言ってもお互い海外出張ですれ違いばかり、寂しいから仕事に夢中になって、そうしたらもっとすれ違って……結局仕事と結婚したみたい。ありきたりだけど、彼には幸せになってもらいたい……」

彼女は一方的に話をしている自分に気づくと、自分でも信じられないような顔をした。普段は弱みを見せない強い女性の表情に変わり、突然話題も変えた。
「マスター、お住まいはこの辺？　途中に結構別荘があったりして永住されてる方も居るみたいね」
「はい。車で10分ぐらいの森の中に住んでいます」
「このホテルの前はどちらにいたの？」
「ニューヨークです」
「えー、ニューヨーク。マンハッタン？」
「はい、ミッドタウンの真ん中から、いきなり那須高原です」
　彼女はようやく笑った。
「失礼ですけど、こんな森の中で寂しくない？」
「都会にいて寂しいよりマシですね」
「そうね」
　彼女は残りのマティーニを飲み干して言った。
「私も永住しようかな」
「このホテルのオリジナルカクテルとかってあるんですか？」
「はい。那須高原の自然をイメージした、摘みたてのミントを使ったカクテルですけど」
「頂くわ。8年間の最後の一杯」
　彼女は自分の心に刻むように、カクテルが出来あがるまでの手順に釘付けになっていた。一口飲むと、

「爽やか。素敵なカクテルですね。名前はあるんですか？」
「グリーンブリーズ。緑のそよ風です」
　彼女は目を閉じてグラスいっぱいに広がるミントの香りを楽しんだ。
「これが飲めるなら那須に住もうかな」
　フロントの女性スタッフが声を掛けた。
「失礼致します。タクシーが到着致しました」
　彼女は目を閉じたまま言った。
「ありがとう。もう少しだけ待っていてもらえます？」
　彼女はビンテージの赤ワインを飲むように、最後の一滴まで香りを楽しんでいた。グラスの中で解けていく氷をしばらく眺めていた。そして小さく頷いた。
「ご馳走様。残念だけど」
　彼女はルームキーをカウンターに滑らした。
「カード使えます？　ここの分は自分で支払いたいんです」
「今日は結構です。8年間の最後のカクテル、私からのプレゼントです」
　彼女は声が出なくなっていた。すかさず私は言った。
「ちょっと遠回りですけど、この近くの別荘地に沢があるんです。今日あたり、ホタルが見頃ですよ。運転手さんに言っていただければわかると思います。ヘッドライトを消してもらうと、ものすごい数の源氏蛍、信じられないほど綺麗ですよ」

「うん。せっかくだから、寄ってみます。本当にありがとうございました」

　その夏の終わり。
　カウンターのシンクで氷を仕込んでいると
「こんにちは」
　女性の声がした。顔を上げて見ると、彼女だった。髪は切ってはいないが、メイクが変わっていた。ノースリーブの麻のワンピースがとても魅力的だった。
「まだ早かったかしら？　5時前ですものね。今日は、この間のお礼が言いたくて……これ」
　彼女はニューヨークの五番街にある葉巻専門店のギフトを渡してくれた。
「ありがとうございます。ニューヨーク帰りですか？」
「はい。でも残念ながら、ビジネス。私、お偉いさん達相手に通訳の仕事をしているの」
「考えてみたら仕事がある時は海外出張だから別に東京に住まなきゃいけない訳ではないんです」
　彼女は微笑んだ。
「それで住んじゃったの那須。この近くの別荘地。蛍が綺麗だったところ」
「そうですか。それでは、ご近所様ですね。どうぞお掛けになってください。何かお飲みになりますか？」
　嬉しそうな笑顔で彼女は言った。
「グリーンブリーズを下さい」

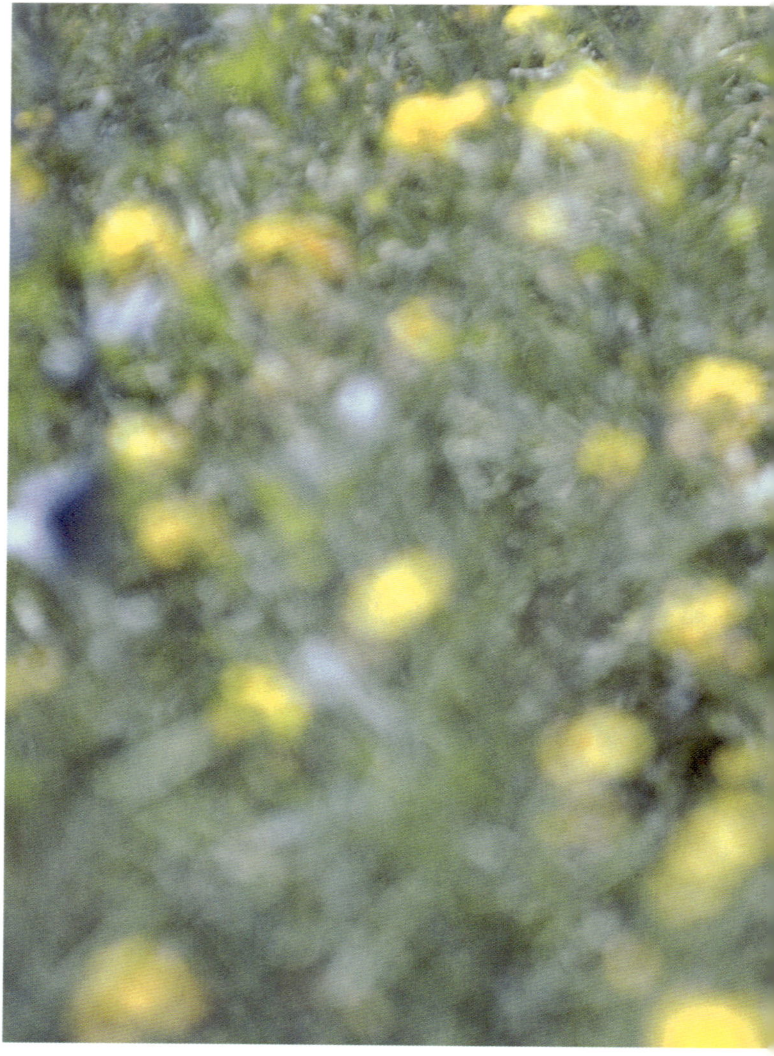

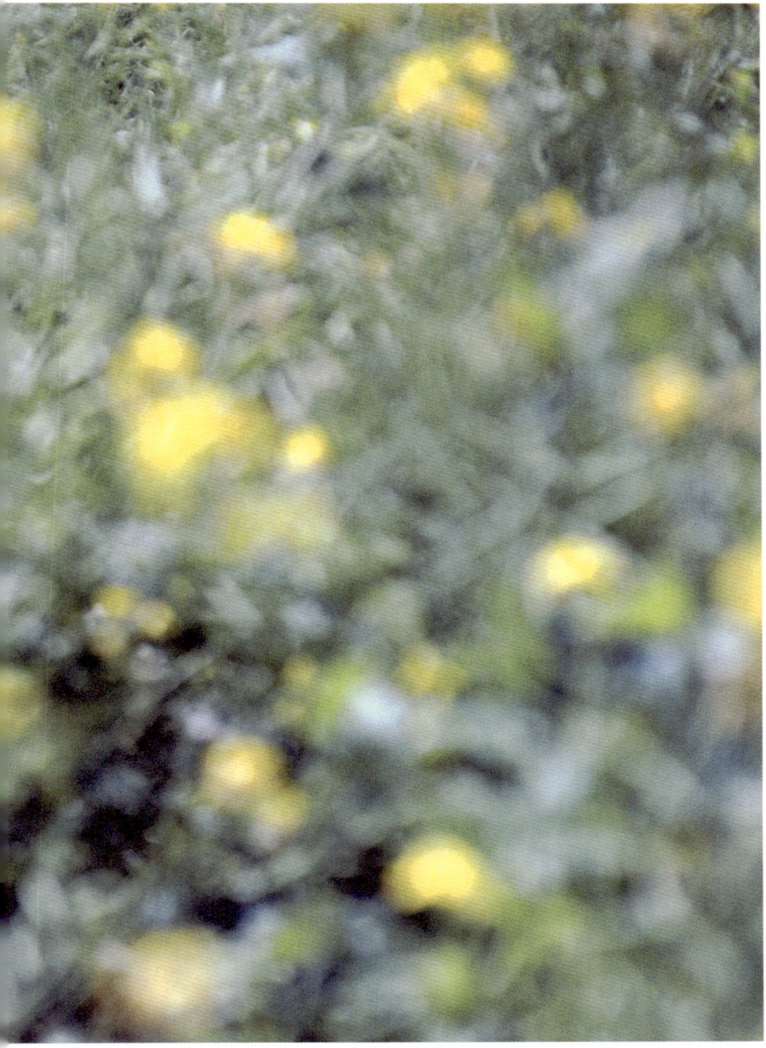

Shiodome

汐留

ベニーグッドマンの最後の
ボーカリスト

「私、生まれはテキサス。広いだけで何もない所、それなのに生きていくには、とても窮屈な場所。訳も分からず日曜日には教会で歌っていたわ。それでも、まだあの頃は幸せだったのかもしれない……」
　このホテルのオープンと同時に来日した彼女は、乱立する高層ビルの汐留の夜景が見渡せる 25F のバーで、歌い始めて 2 ヶ月が経っていた。20 年ぶりの東京に戸惑っていた彼女は、今では何でも私に話をするようになっていた。彼女の歌うスイングジャズは曲目によって表情と歌声が変わり、その歌唱力によって世界を舞台に活躍してきた彼女の実力が感じられた。しかし、今の東京で彼女の才能を理解できる人は、もういないのかもしれない。セカンドステージが終わると、まばらな拍手が聞こえた。いつものようにウォッカマティーニを手にすると、彼女はカウンターに座って言った。
「行った事ある？　テキサス」
「グレンハンドバスでアメリカ中回っていたから……フォートワース、ダラス、ヒューストン、

それにエルパソ。私は好きだけどね」
　彼女は少し嬉しそうな顔をしたが、すぐに目をそらした。カクテルグラスを口にする前に、
「もう帰りたくないわ……二度と」
「どうして？」
とは聞かなかった。代わりに話を流して私は言った。
「ジャニス・ジャップリンみたいだね」
「そう。彼女はブルース、私はジャズを歌うためにシカゴへ。お互いテキサスはウンザリだったのね」
「私の両親は同じ役者。喧嘩してるか、別々に暮らしているか……いずれにせよ、家族ではなかったわ。まだ、人に裏切られることを恐れていなかった私は、大好きなパパを追っかけてシカゴへ移ったの。ミュージカルソングとたくさんの大人達に囲まれて育ったわ。結局、友達は歌だけだったけど」
「それで君のナンバーはコールポーターの曲が多いんだね」
　彼女は目を大きく開けて、大げさに喜んでみせた。ティーンネージャーのような顔つきで言った。
「だからあなたと話をするのが好きなの。もっと、もっと、お話しましょう」
　付き合い始めた恋人同士のように、彼女は自分のことを話したがった。何かをわかってもらいたい

ようすだった。
「何か質問して。何でも」
「OK。それじゃあ一好きな映画は？」
「うーん」
　彼女は役者の娘だけに沢山の映画を観ているようだ。この答えによって自分の感性を試されていると思い、慎重に頭の中で選んでいた。
「市民ケーン」
　彼女は挑むような表情で言った。私が知らないことを期待しているような言い方だった。
「ローズバッド(薔薇のつぼみ)だね」
と私が言うと彼女は一瞬息が止まり、両手で口を押さえて立ち上がった。
「観たことあるの？」
「もちろん。彼が人生の最後に呟いた言葉がそれだよね。市民ケーンにはローズバッドがあった……君にとってのローズバッドは？」
　今度は知的な大学院生のような顔つきで言った。
「君にとってのローズバッド……深いわね……気に入ったわ、このフレーズ」
　そして彼女は昔のアルバムを眺めるように、しばらく黙っていた。私も話すのをやめた。
　最後のステージが始まり、ピアノとベースのデュオが流れ出した。2曲目のピアノソロが始まった時、彼女はウォッカマティーニを飲み干した。まだ答えを探しているようだった。

「何か頂だい、美味しいの」
　私はシェイカーを取り出すと、クレームドカシス、フランボワーズ、それにたっぷりのフレッシュライムを絞り込み、摘みたての果実をかじるような濃縮感を出すためにハードシェイクで味をまとめた。
　シェイカーから注がれた真っ赤なカクテルを口にすると、
「最高だわ。これ名前は？」
「ローズバッド。今考えたんだけどね」
「私、知ってるわ。あなたがアーティストってこと」
「さっきの質問の答え。今のところ、私にとっては歌ね」
　そう言うとカウンターから腰を滑らせて、彼女はステージに向かった。スポットライトがあたると、歌うように彼女は話し始めた。合わせるようにピアノが静かに鳴り出した。
「昔、昔のこと。素敵な男性に出会ったの……まだバスから降りたばかりの田舎娘に声を掛けてくれた人。ベニーグッドマン。昔、昔のシカゴで。夢のようだったわ、彼の楽団で歌ってたなんて。信じてくれなくても良いの。全てが鮮明に覚えている、世界中の舞台で歌ったわ。私のローズバッド……」

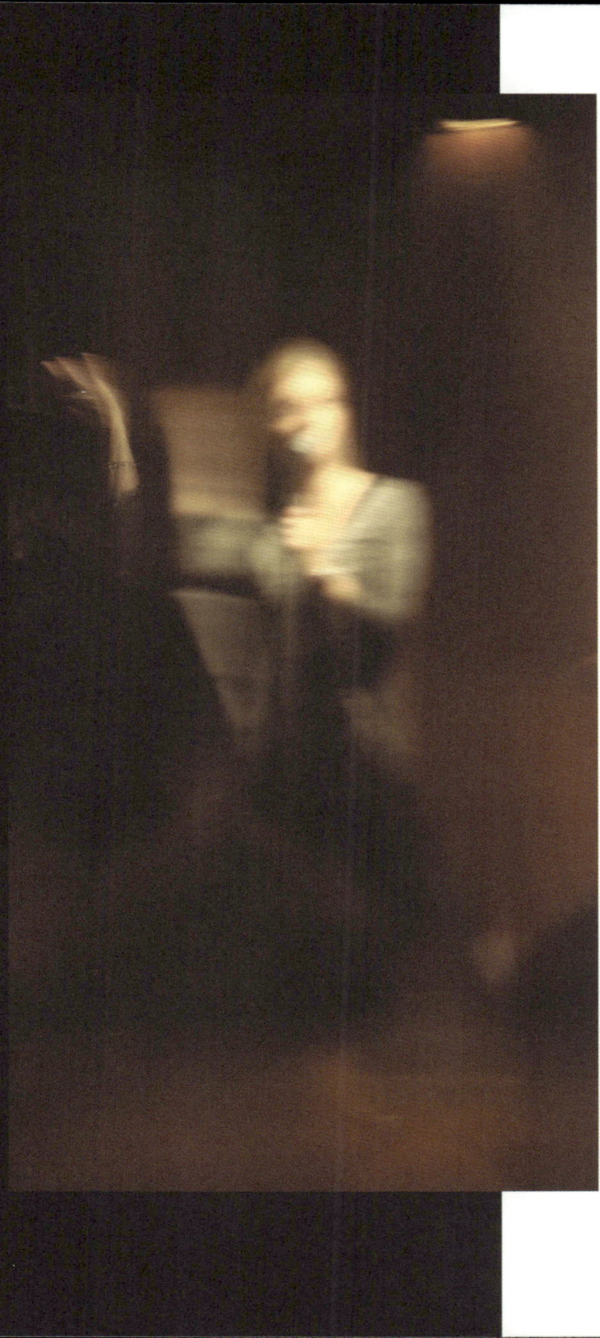

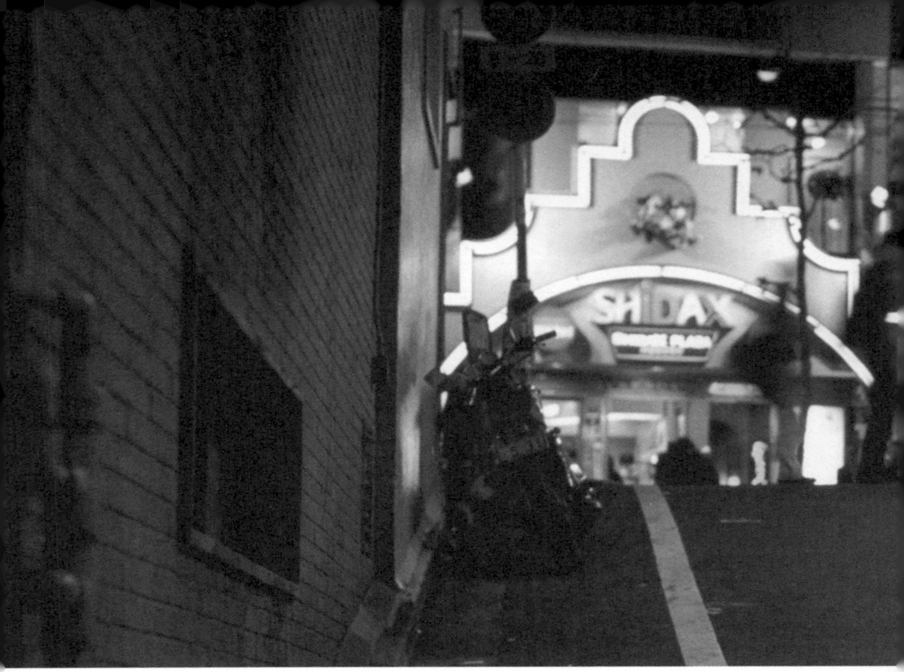
SHIDAX

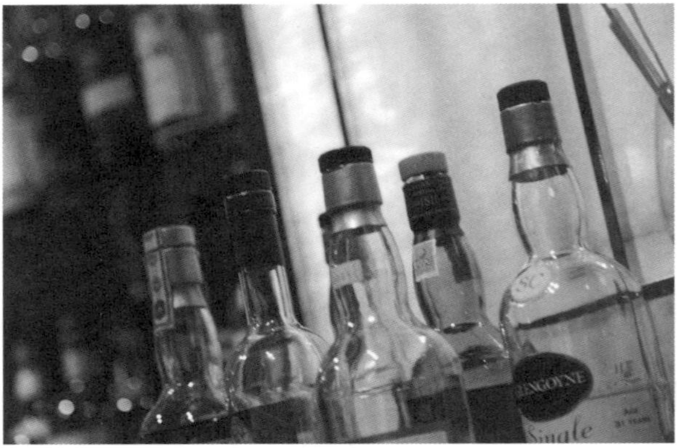
LENGOYNE
Single

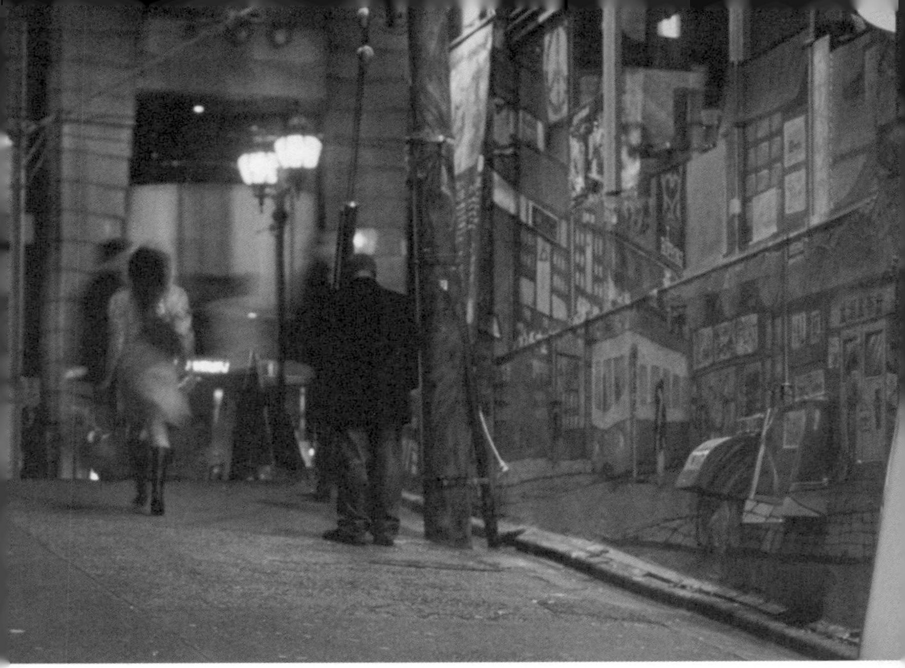

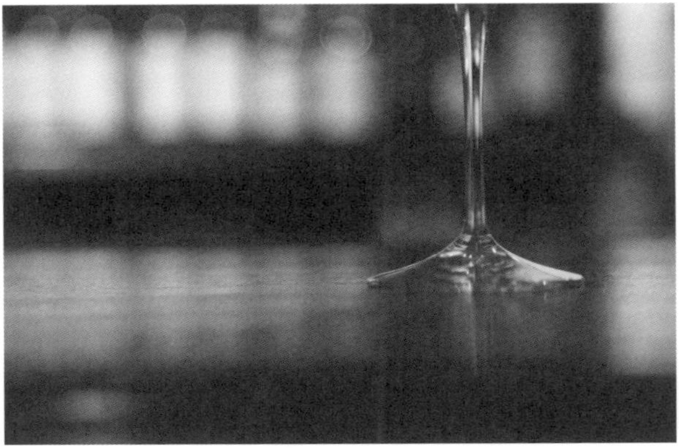

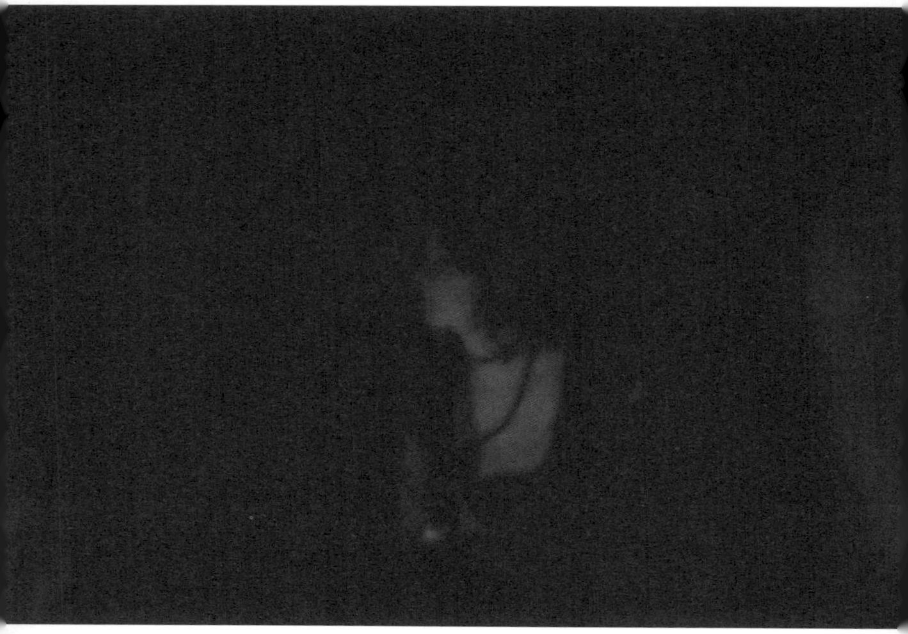

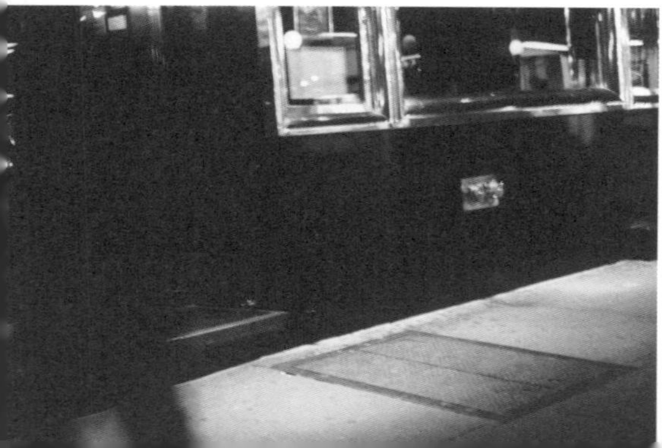

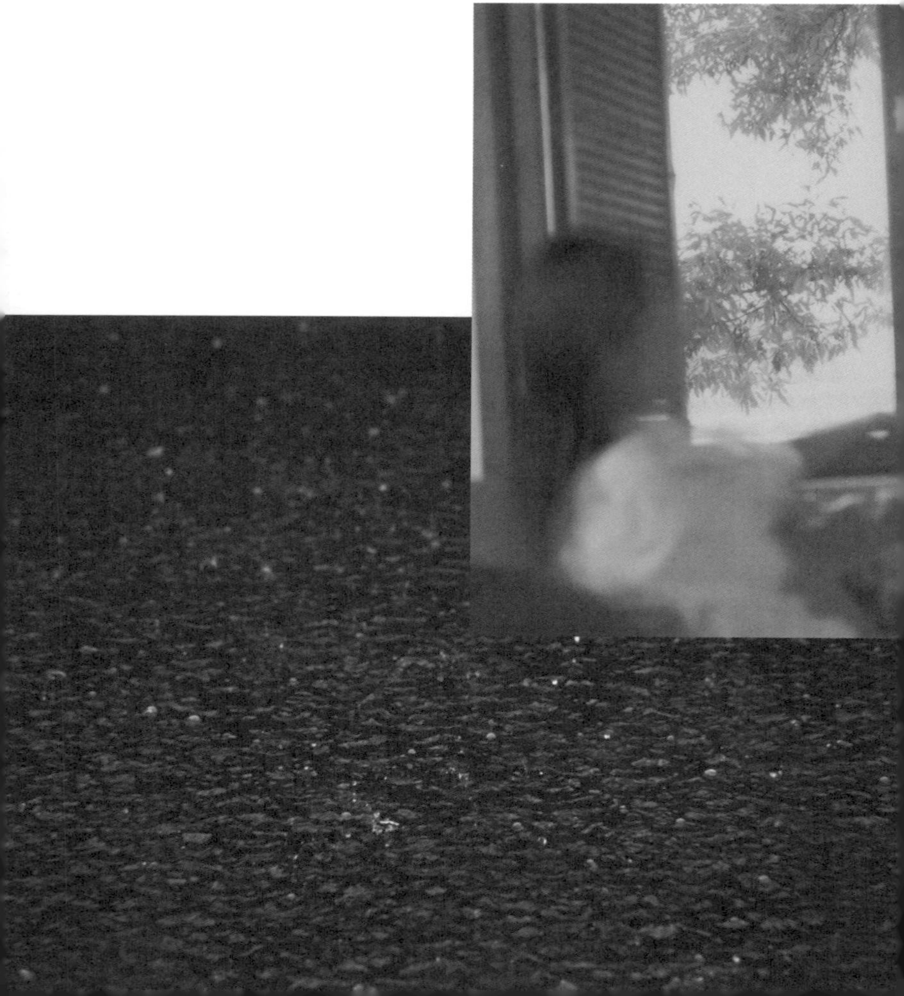

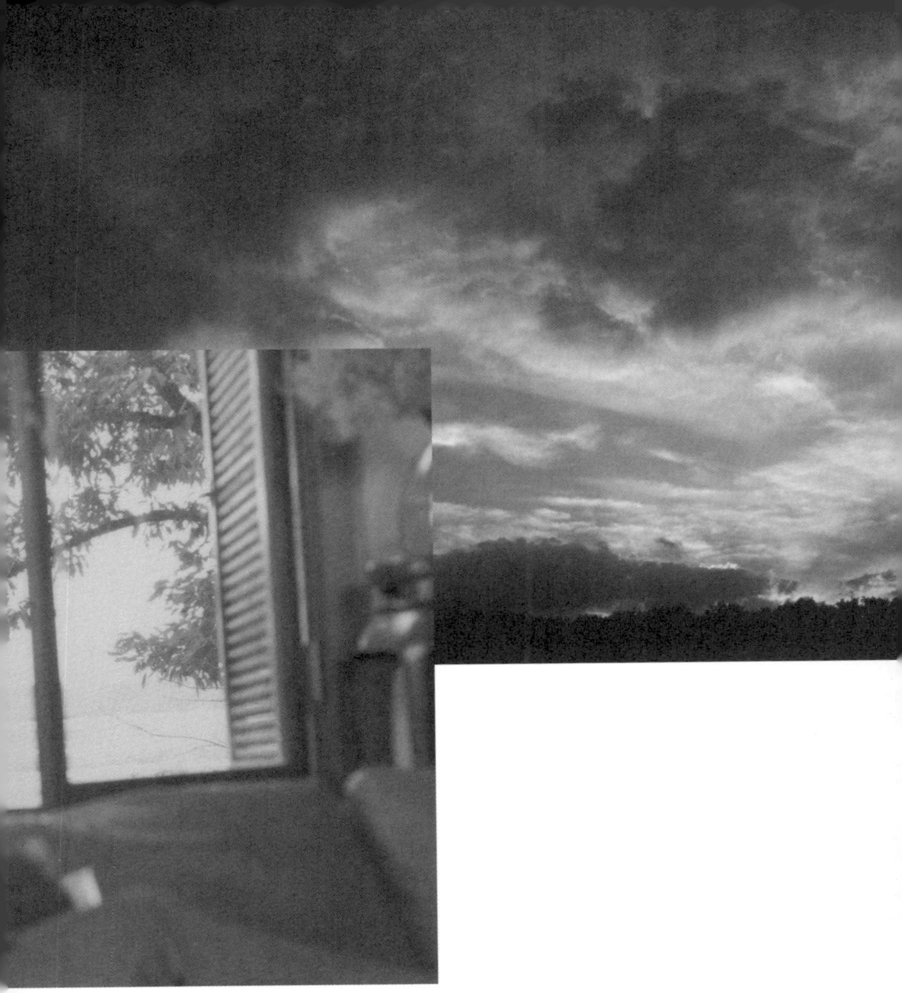

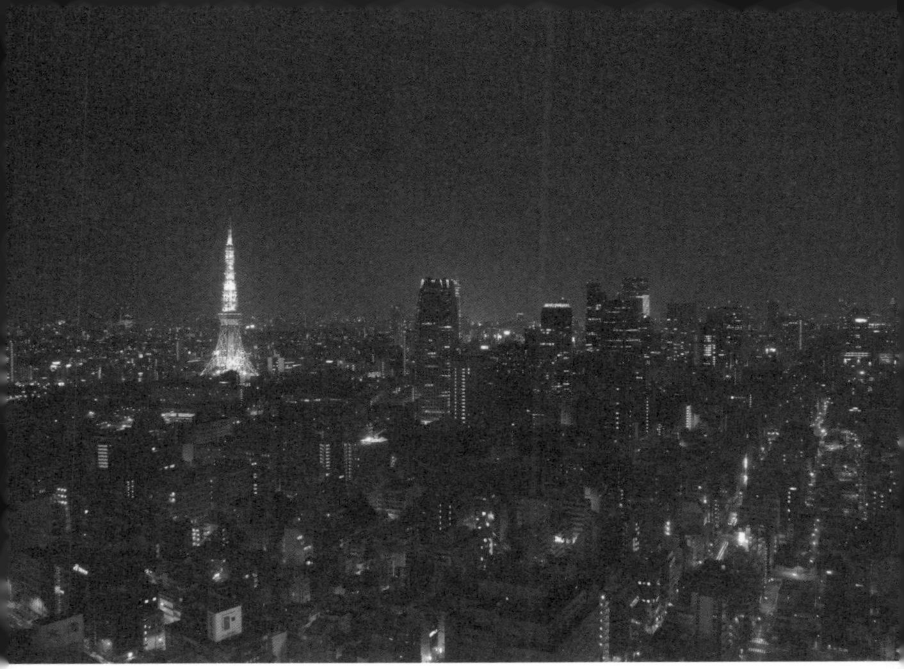

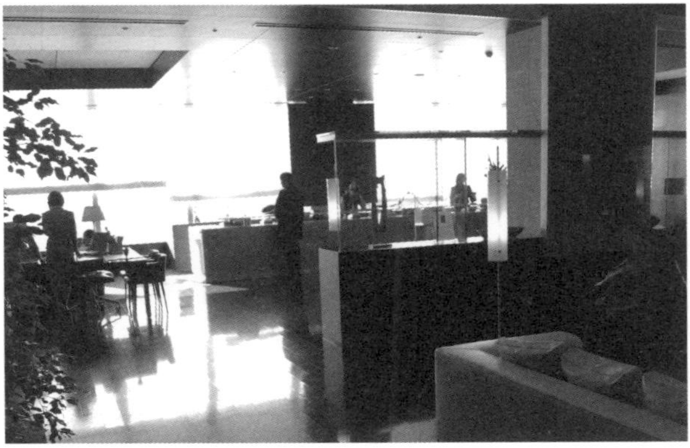

TAKAYUKI Suzukis Original Cocktail

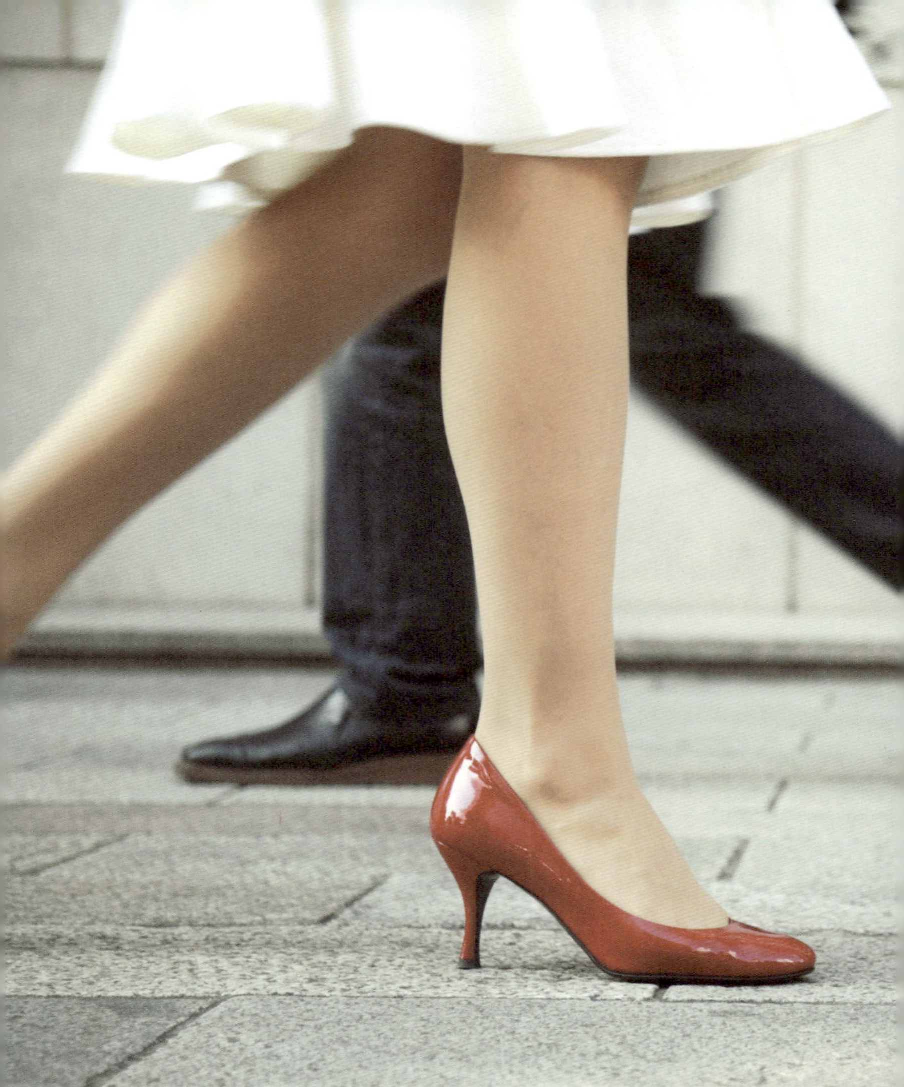

AKAIKUTSU
赤い靴

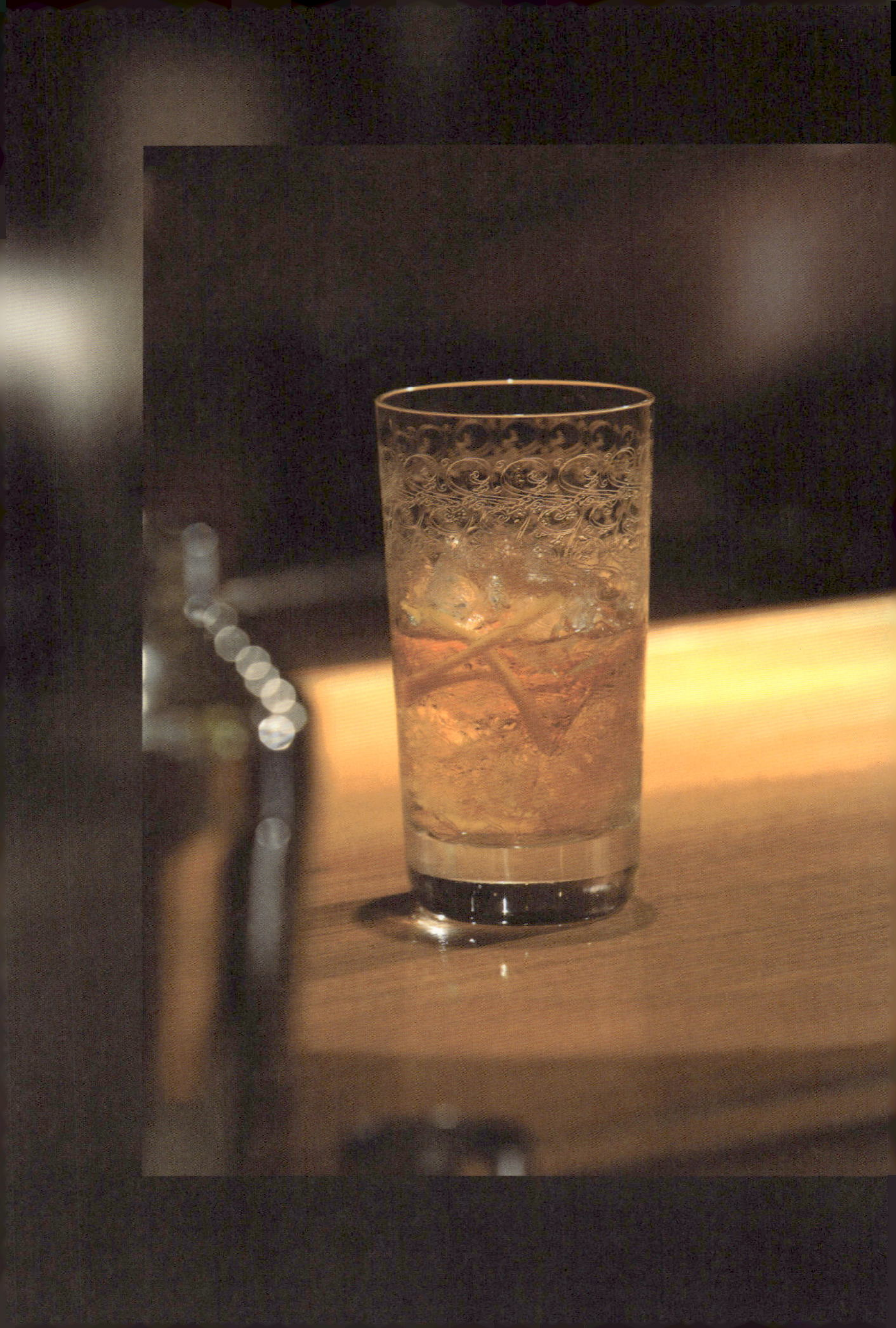

no name

ノーネーム

「……これって
名前あるんですか?」
「ありません
初めて作りましたから」

Last Sunday

ラストサンデー

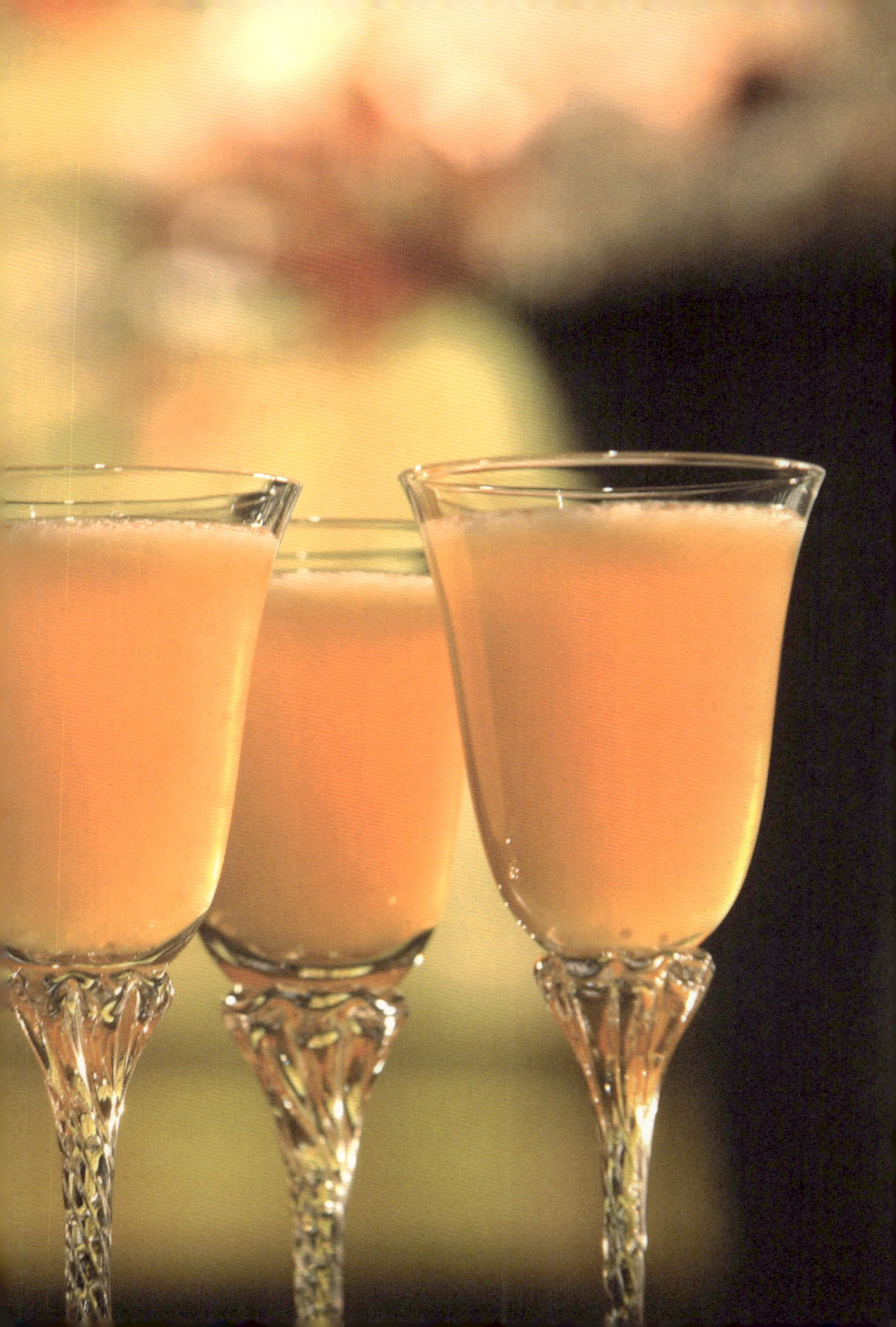

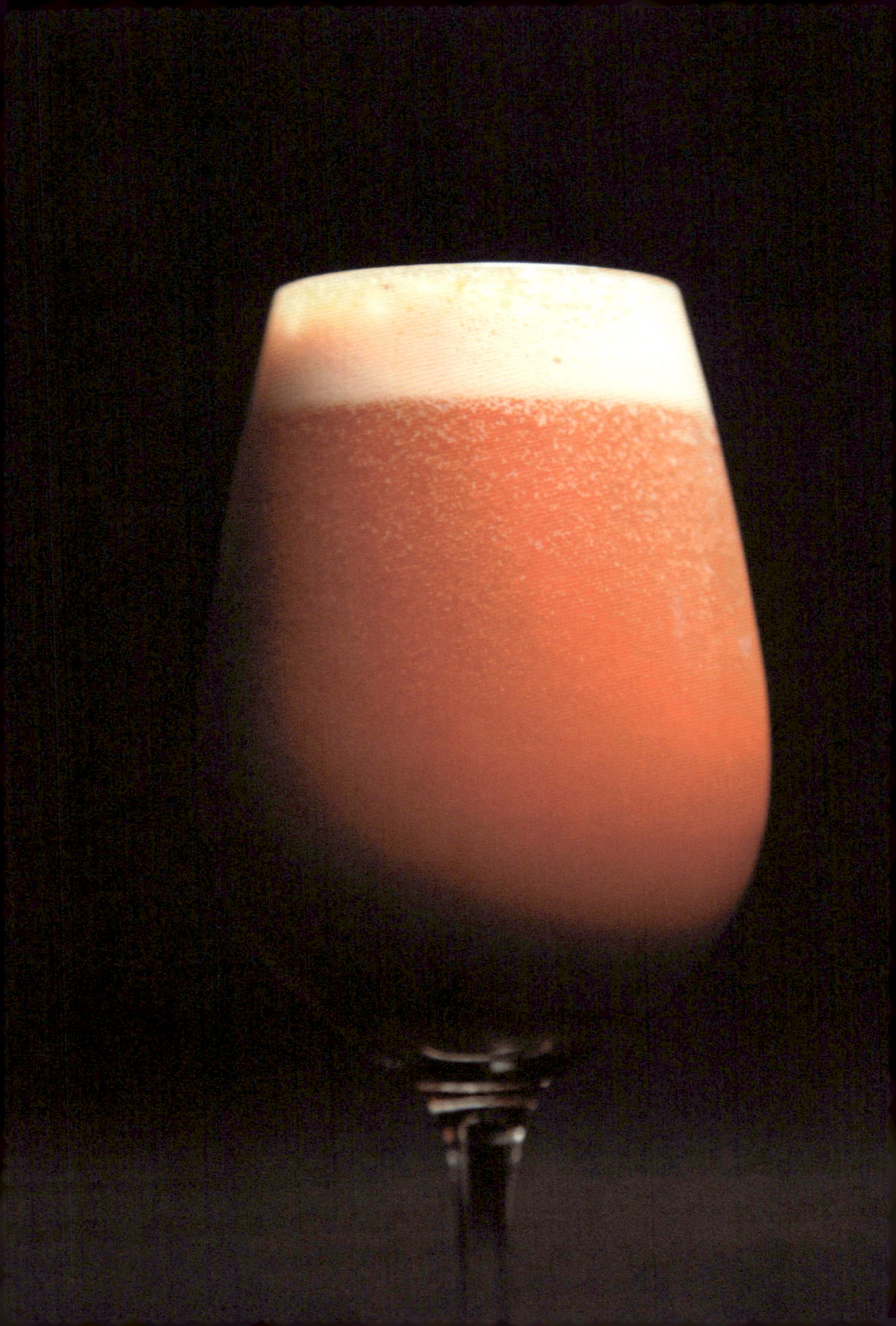

Hard Shake Bloody Mary
ハードシェイク・ブラッディーマリー

Green Breeze

グリーンブリーズ

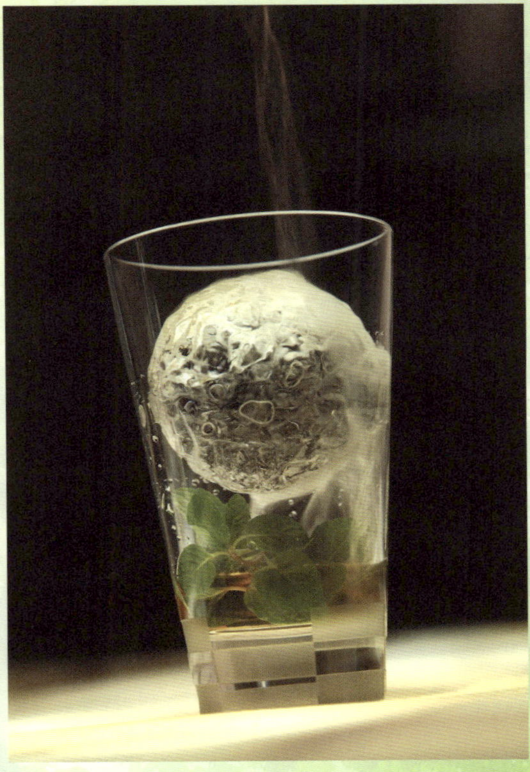

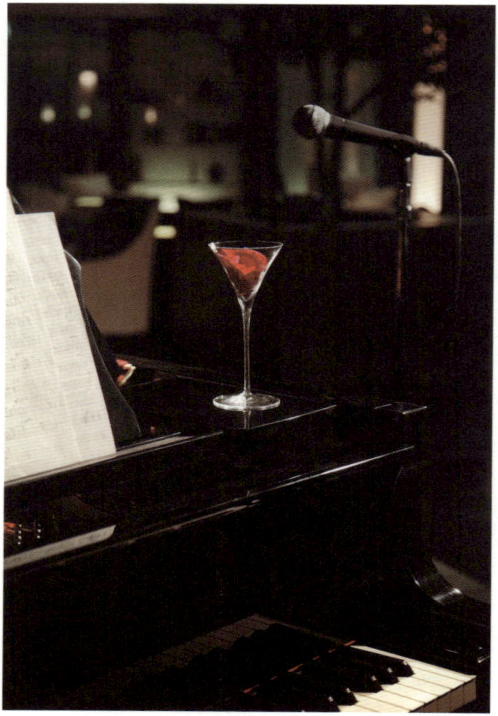

Rose Bud

ローズバッド

……君にとってのローズバッドは?

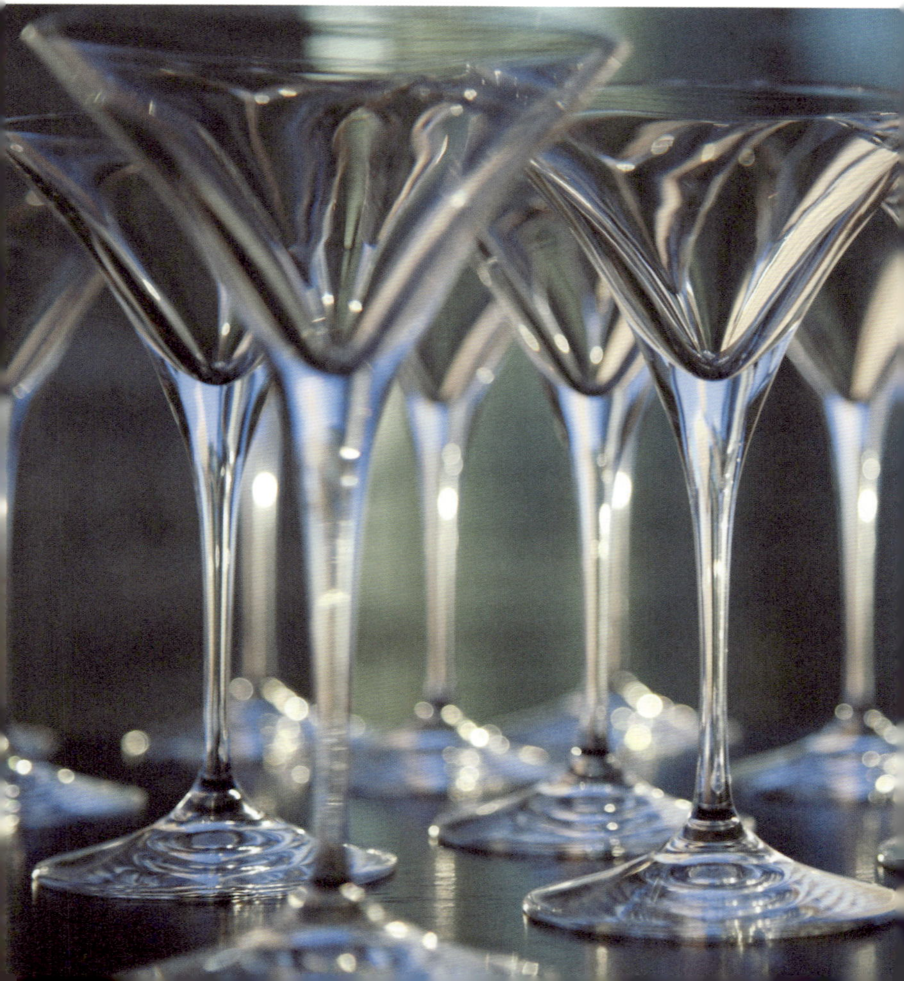

MARTINIS

Dry Martini
Perfect Martini
Jamaican Martini
Cajun Martini
Chocolate Martini
Dirty Martini
Zubrowka Martini
Calvados Martini
Pernod Top Martini
Islay Single Malt Martini

Rye Royal

ライロイヤル

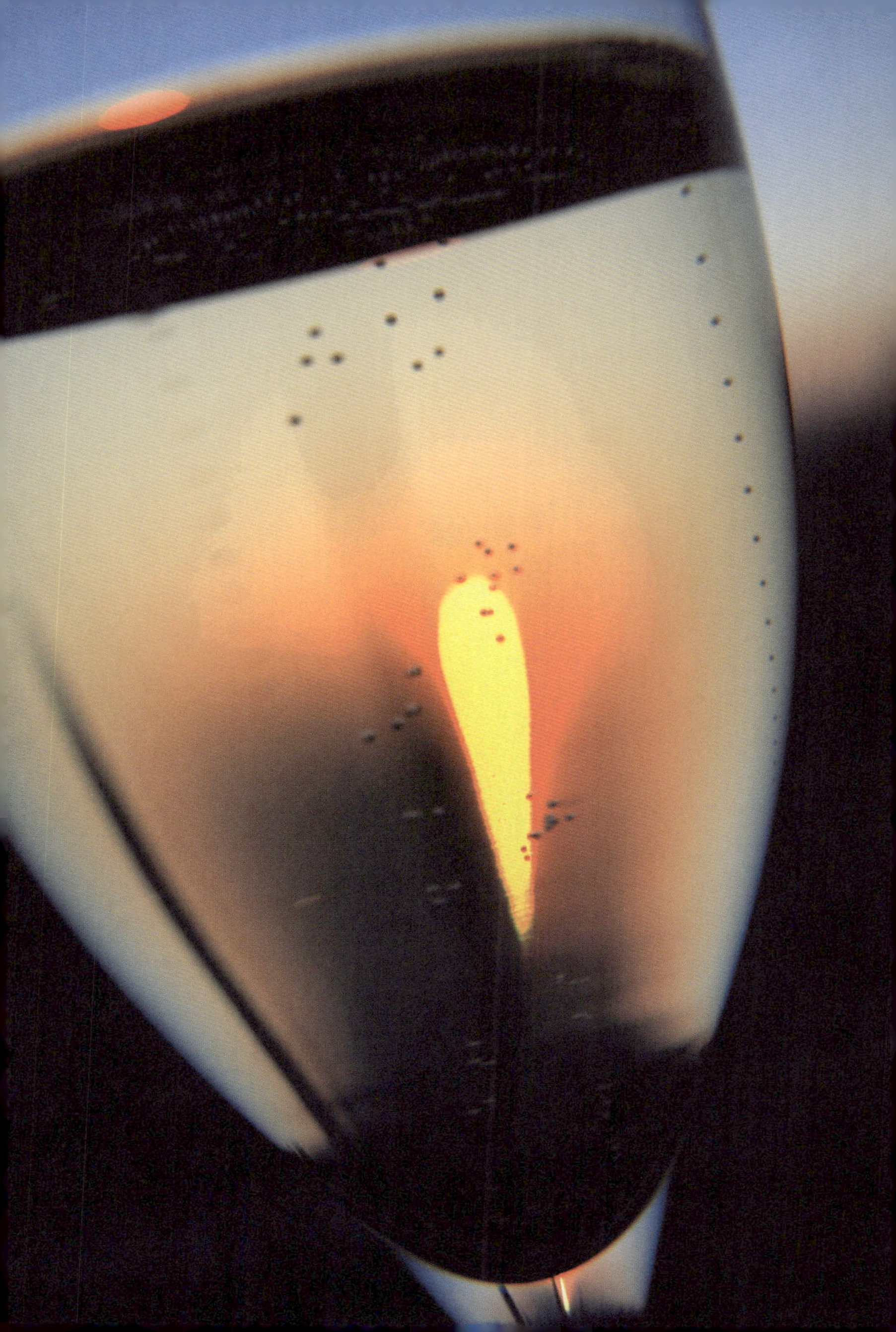

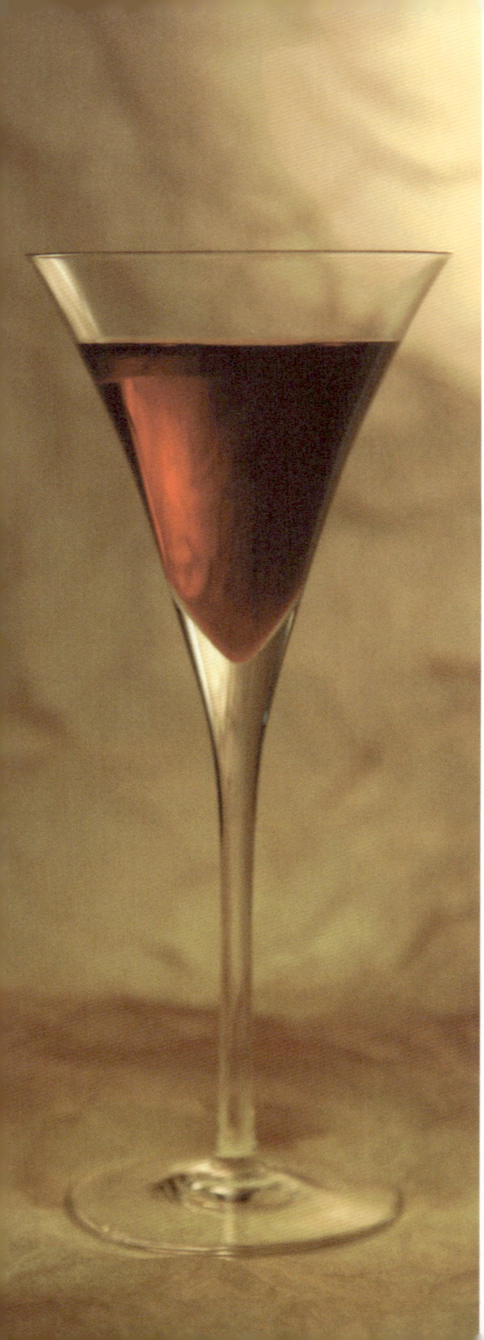

Very Berry

ベリーベリー

彼女はある理由で、
このバーに通っている
初めてお会いしてから3年
少しずつ話せるようになった
結論は急がなくていい
口開けの一杯はいつもこれから
「ベリーベリーを下さい」

My Friday
マイフライデー

彼女が来るのは金曜日
窓側のテーブル席
会話はしたことない
名前も知らない
いつ会えるのかわからない
今度の金曜日まで

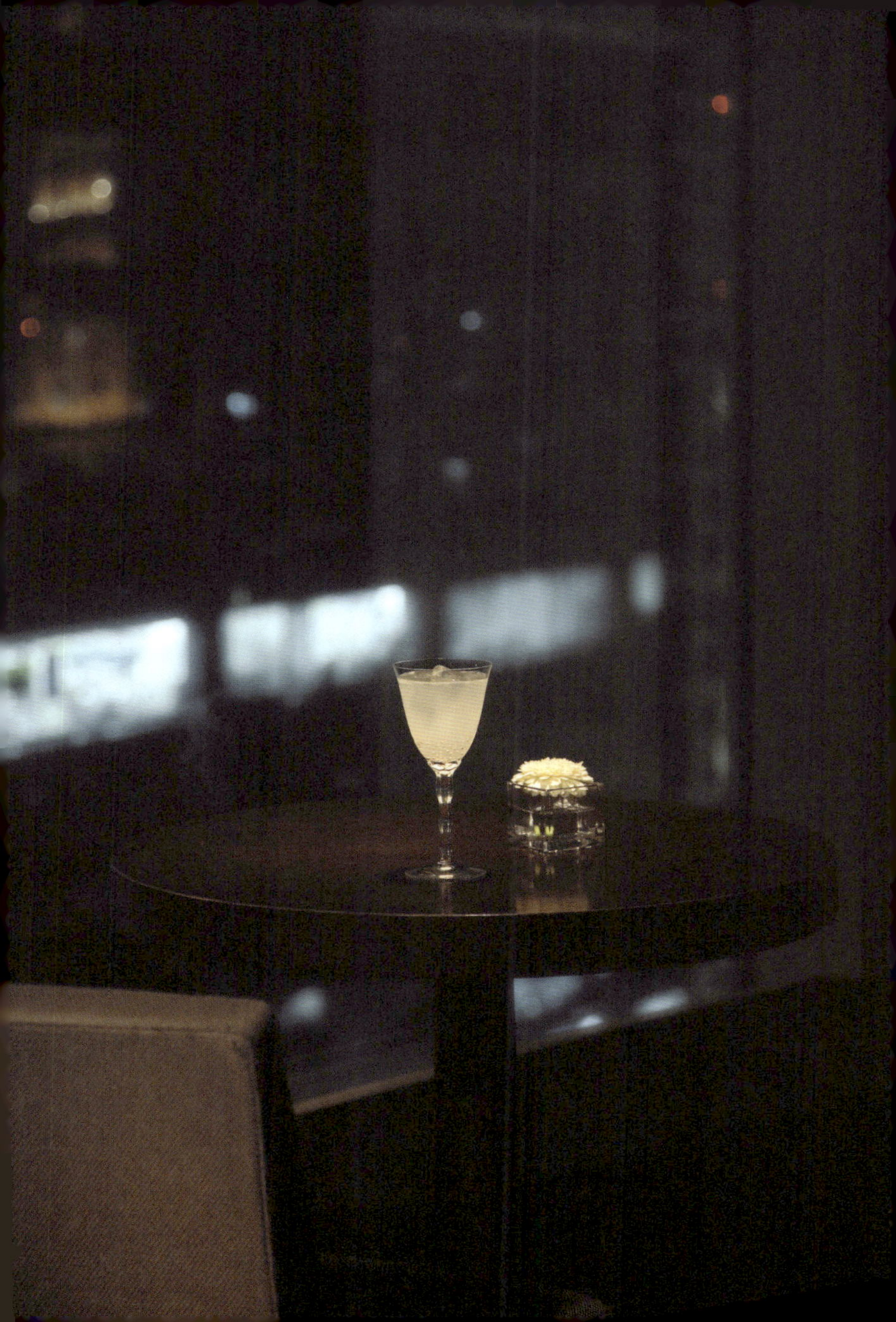

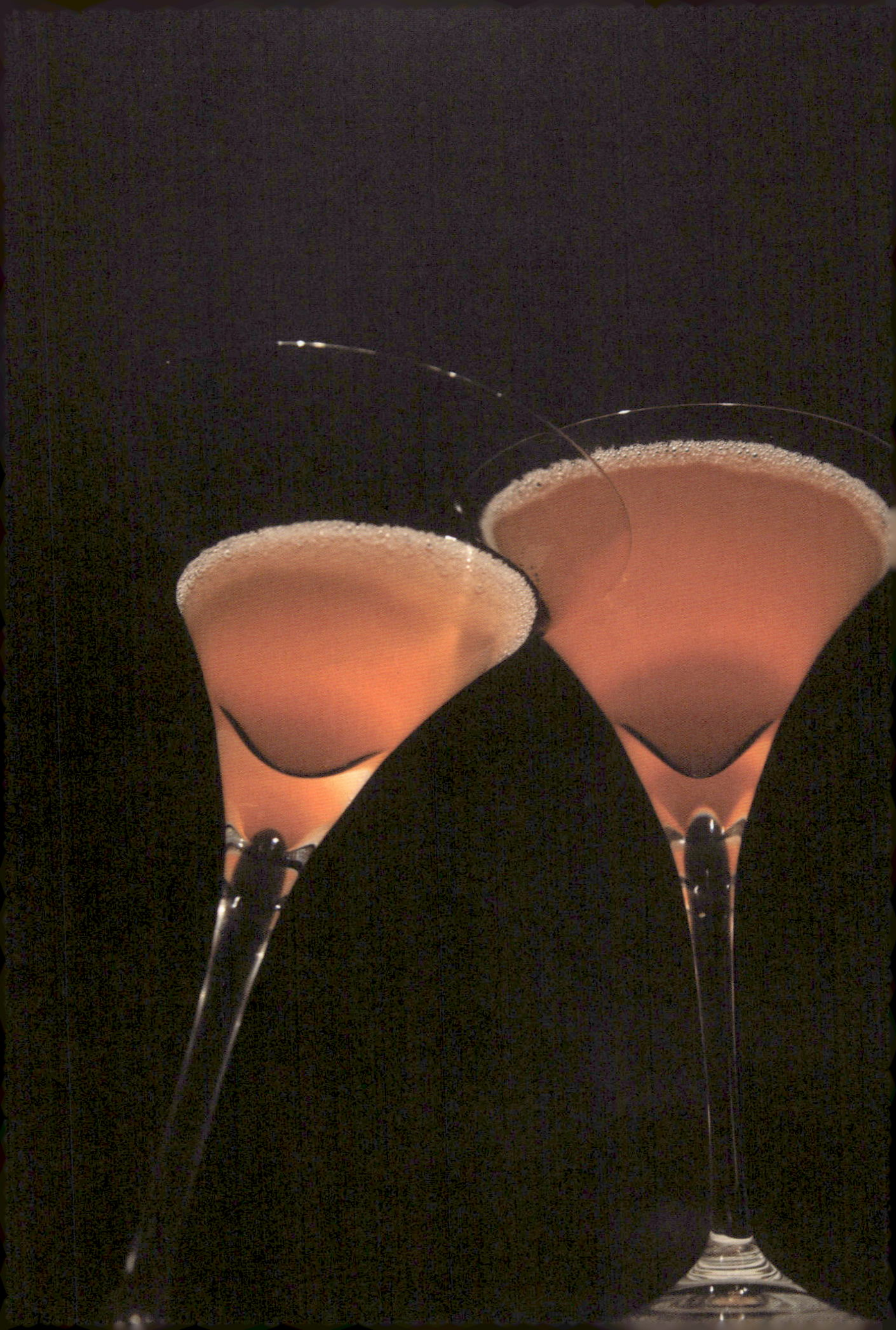

Second Order
セカンドオーダー

答えを出さなくていい
理由を聞かなくていい
本当の事を言わなくていい
今夜、二人に必要なのはカクテル

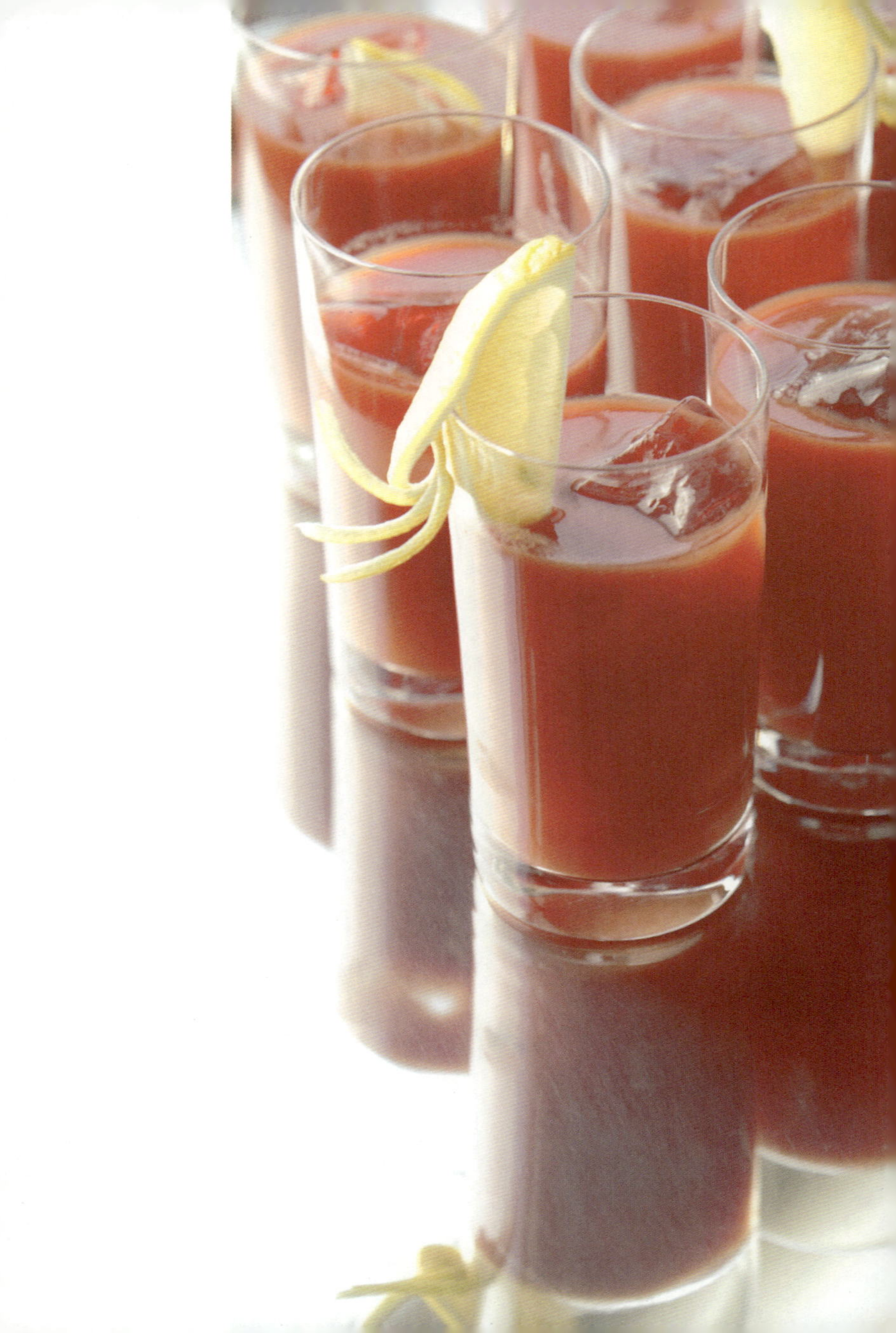

BLOODY MARYS

Red Snapper
Bloody Maria
My Little Mary
Bloody Jim
Cajun Mary
Bloody Caesar
Gazpacho Mary
Sauza Con Caliente

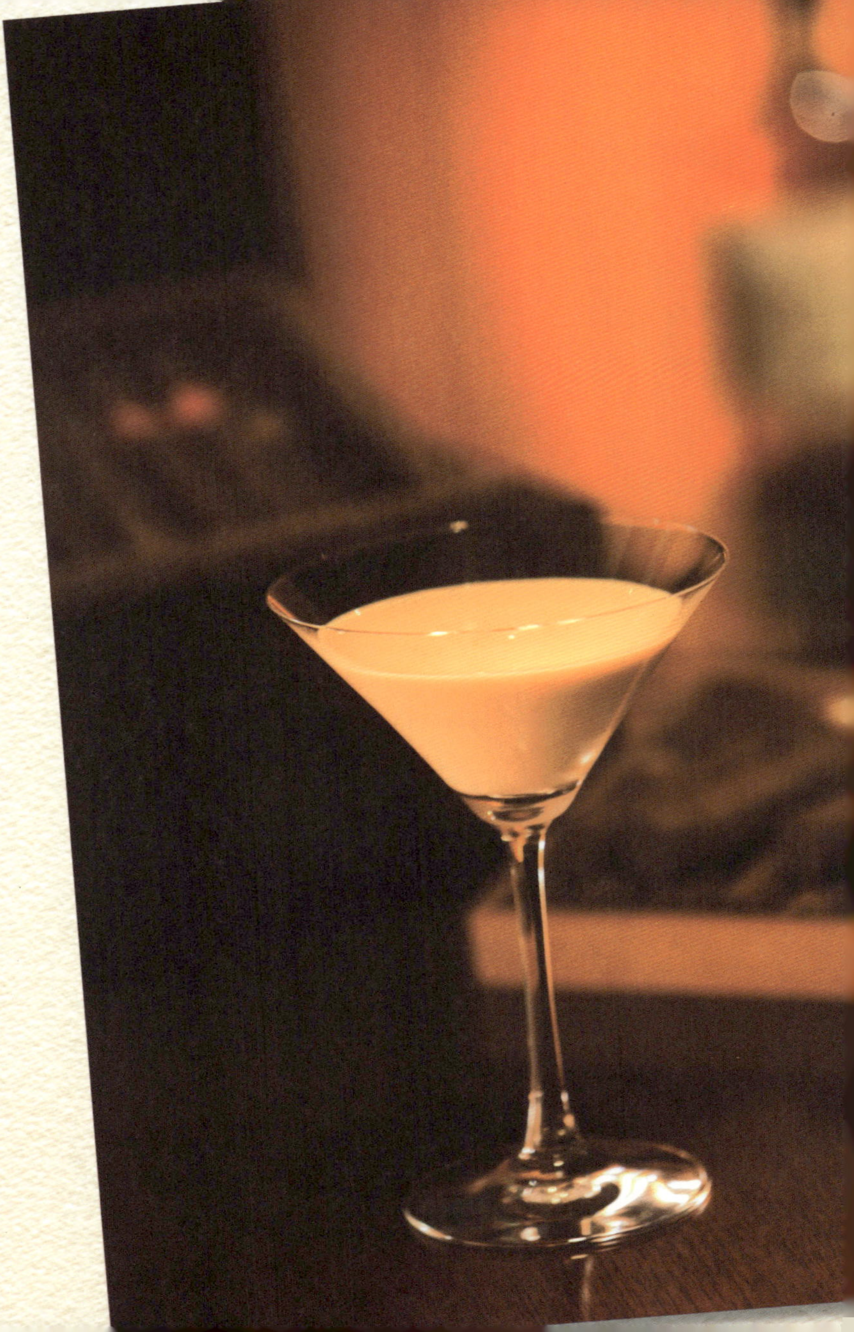

Michael Collins

マイケル・コリンズ

世界最古のウイスキーは?
北アイルランドのウイスキー
葉巻に合う味
彼はヒーローだった

Le Midi

ル・ミディ

彼女が帰って来るのは2年後
どうして行ったのかは知らない
彼女が好きな味
必ずまた逢える
南風のように

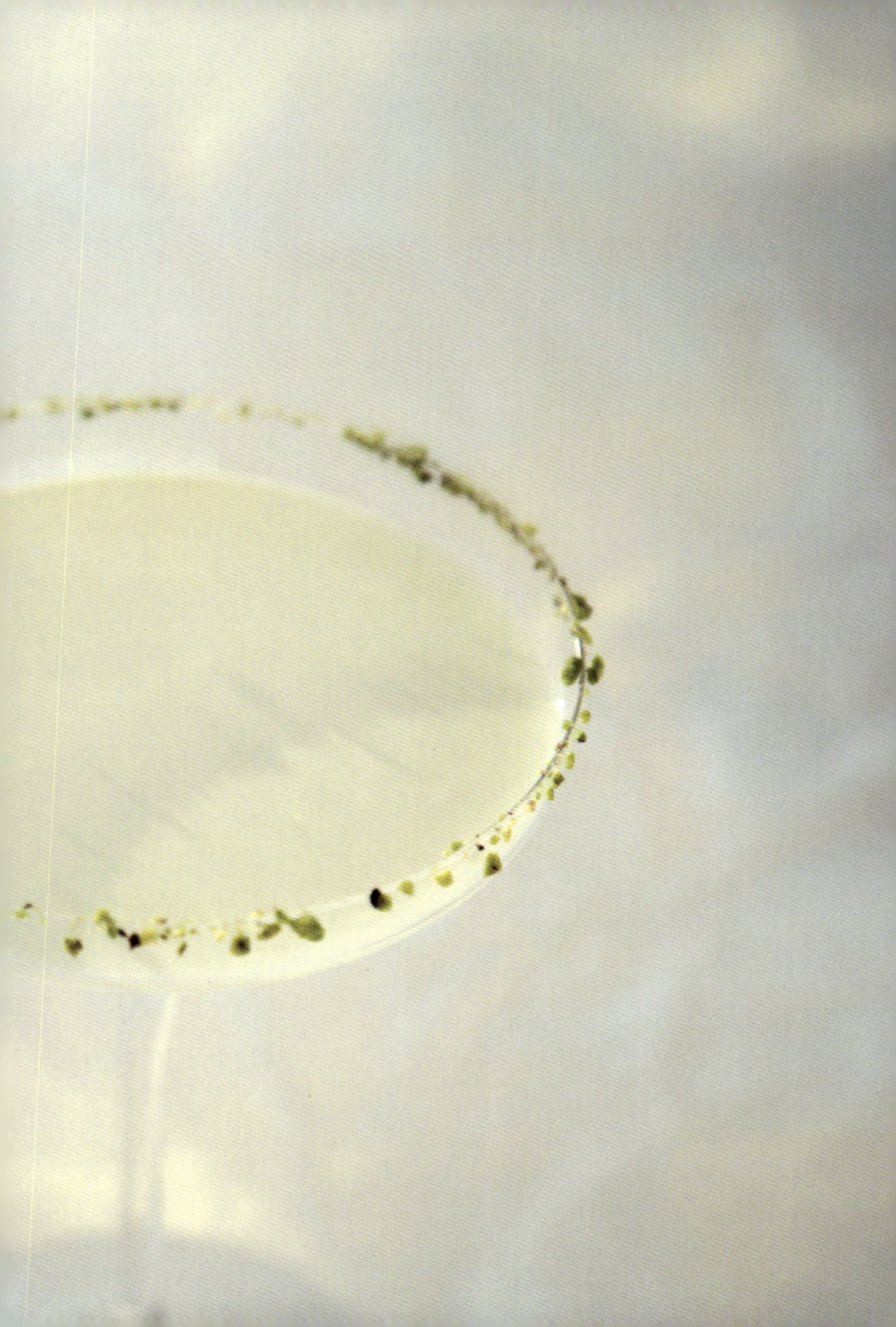

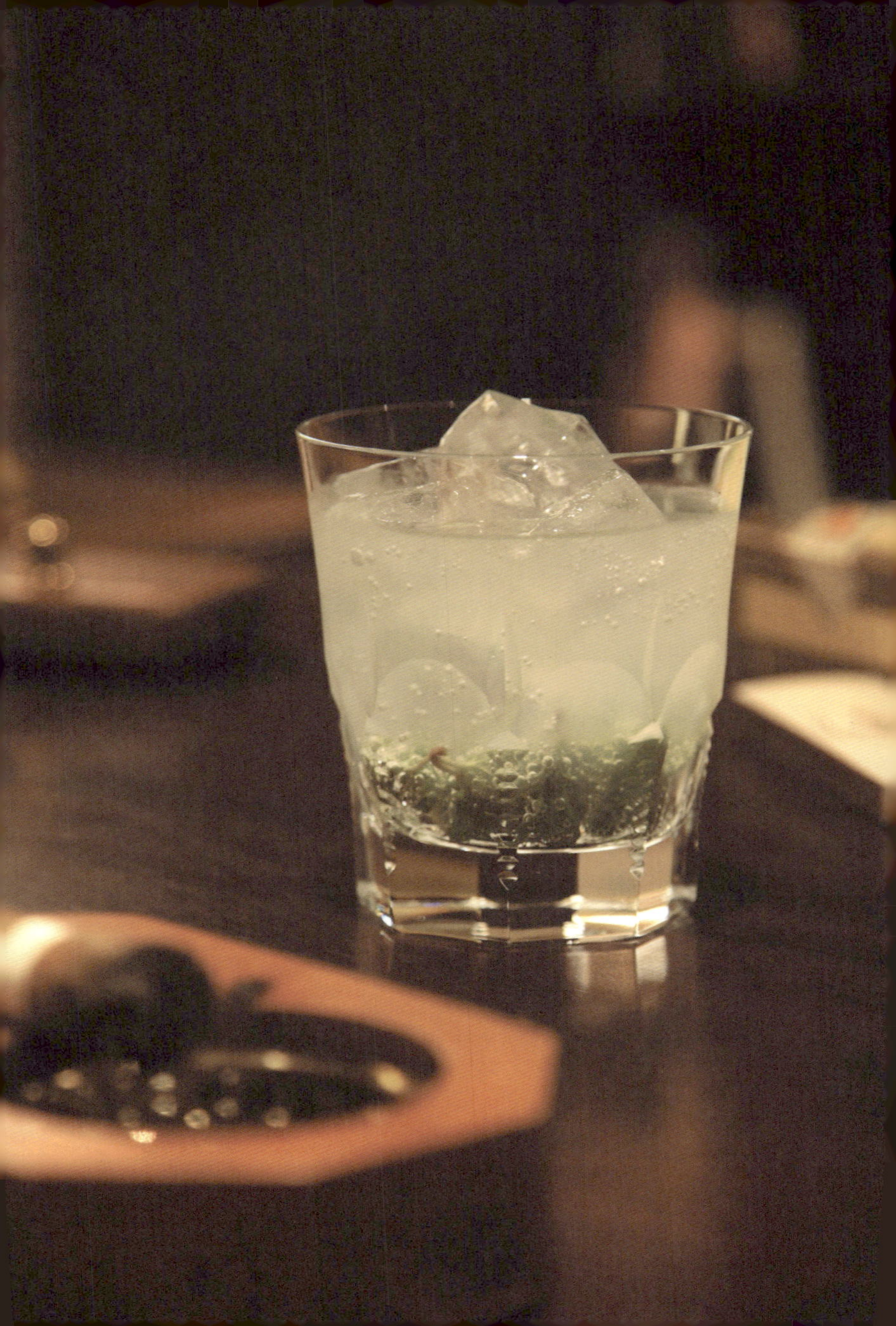

Off
オフ

いつもの静かな夜
いつもの遅い時間
今夜あたり来られるかな
このカウンターに
「お帰りなさい」
ネクタイを緩めて、一呼吸
「いつもの下さい」

Park Hotel Tokyo

パークホテル・東京

東京タワーの後ろに夕日が沈む
黄昏色の赤富士
25Fからの風景
開けたての静かなバー
マーブルが照らすカウンター
最初のカクテル
そして、いつもより綺麗になる

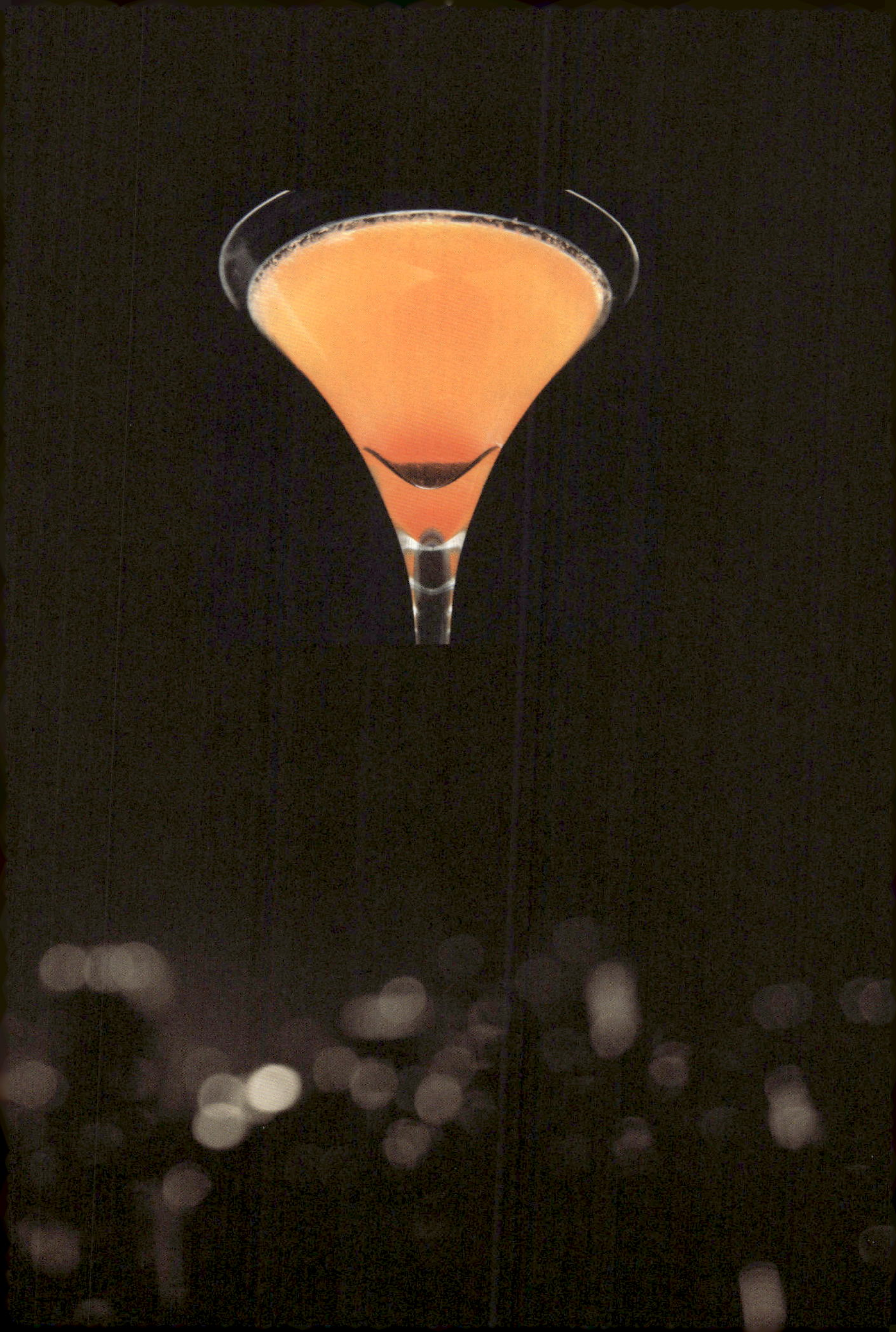

Hard Shaken Salty Dog

ハードシェイクン・ソルティー・ドッグ

彼はロンドンにいた
私はニューヨーク
この一杯で彼に出会った
一生の友になった

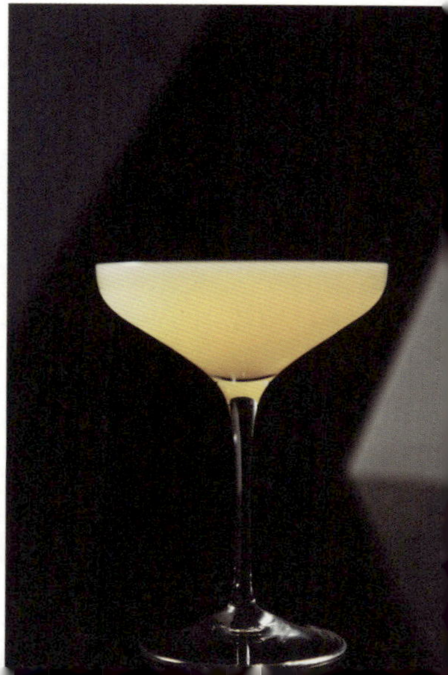

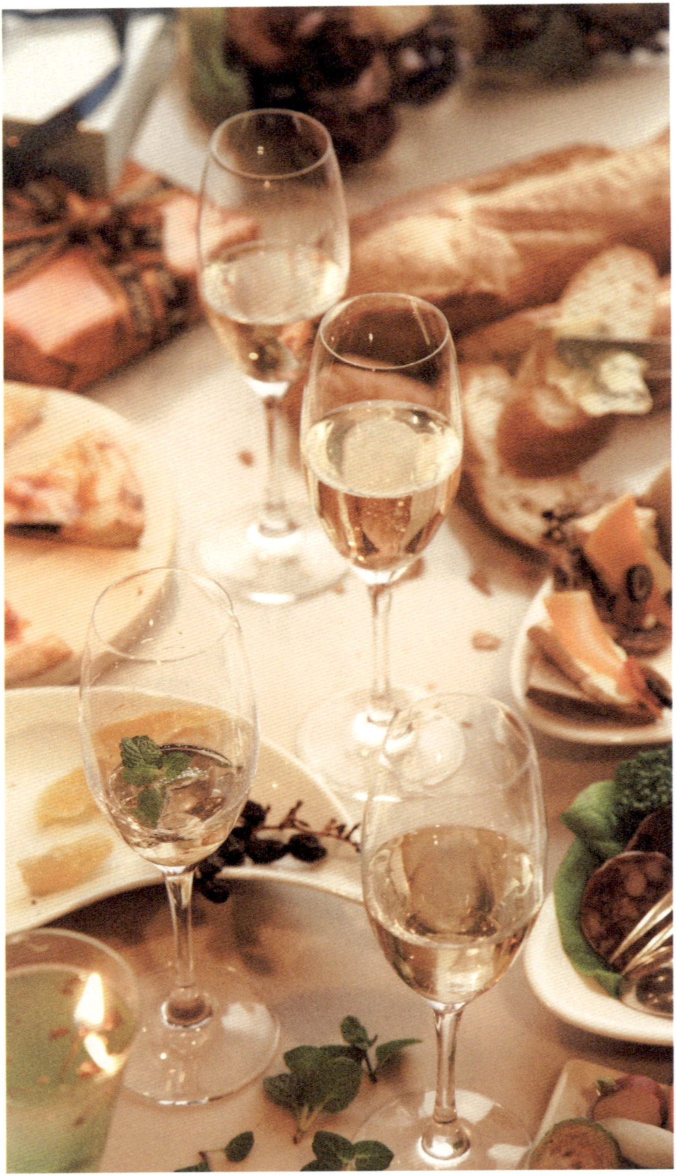

Family

ファミリー

赤坂のマンション
お腹いっぱいになった
みんなで笑った
最後まで付き添った
静かに見送った
15年経った
カクテルを飲んだ
「ありがとう」と言ってくれた

残したのは、優しさ

目を閉じた

蓮の池

アゲハチョウが飛び立った

涙でいっぱいになった

1588

彼は十字架の形で落ちていく

ゆっくりと、確実に

下から上、上から下

「見る」と「観る」は違う

託したのは、カクテルと詩

Your Cocktail

ユア・カクテル

上手く言えなくてもいい
独りでいなくていい
自分を責めなくていい
カウンターに座ればいい
高い窓から景色を眺めるように

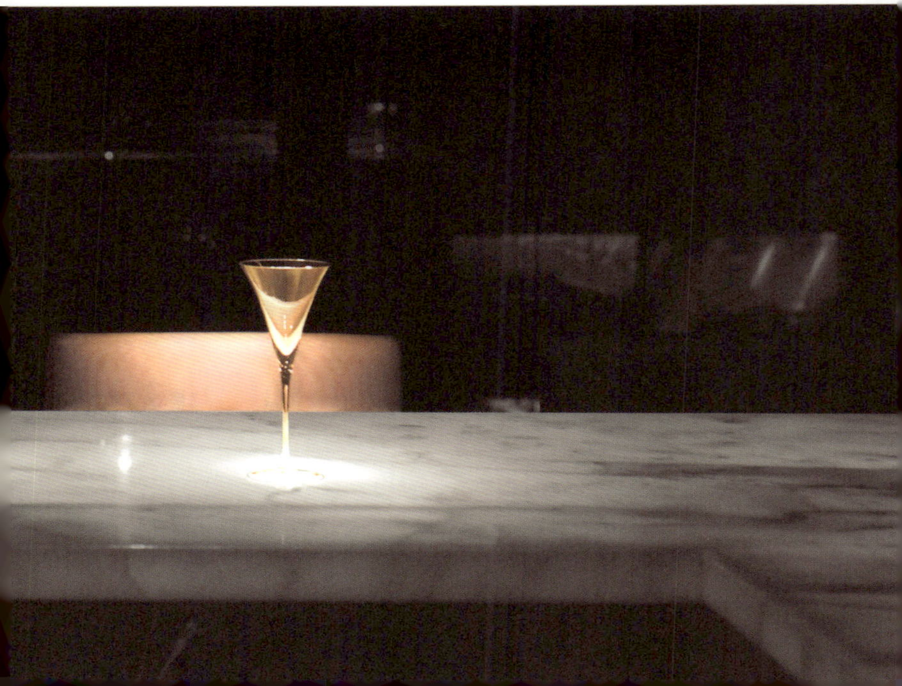

AKAIKUTSU 赤い靴
カルバドス10ml クランベリージュース40ml
クレームドカシス10ml フレッシュライム5ml

no name ノーネーム
ブランデー10ml ジンジャーワイン10ml
フレッシュミント数束 オレンジピール3枚
トニックウォーター適量 ソーダ適量

Last Sunday ラストサンデー
ブランデー50ml フレッシュレモン10ml
グラニュー糖6ティースプーン
オレンジの輪切り2つ

Hard Shake Bloody mary
ハードシェイク・ブラッディーマリー
ウォッカ30ml トマトジュース約160ml

Green Breeze グリーンブリーズ
カルバドス25ml ホワイトミントリキュール10ml
トニックウォーター適量 ソーダ適量
フレッシュミント数束

Rose Bud ローズバッド
クレームドカシス20ml
クレームドフランボワーズ20ml
フレッシュライム20ml

Martinis マティーニ
Perfect Martini パーフェクト・マティーニ
ドライベルモット10ml スウィートベルモット10ml
ドライジン40ml ガーニッシュ レモンツイスト
お好みでオリーブ

Jamaican Martini ジャマイカン・マティーニ
ジャマイカンダークラム45ml ドライシェリー15ml
ガーニッシュ ライムツイスト

Cajun Martini ケイジャン・マティーニ
ウォッカ50ml ペッパーウォッカ10ml
ドライベルモット少々
ガーニッシュ パラペーニョピクルス
※ドライベルモットをミキシンググラスにリンス
したのち、素材をステアーする。

Chocolate Martini
チョコレート・マティーニ
ウォッカ45ml ホワイトカカオリキュール15ml
無糖カカオパウダー少々
ミントスティックチョコレート2本
※カカオパウダーをカクテルグラスの渕に0.5ml
の幅でリムして、ステアーされた素材を注ぐ。
最後にミントスティックを飾る。

Dirty Martini　ダーティー・マティーニ
ドライベルモット15ml ドライジン45ml オリーブビネガー2ティースプーン
ガーニッシュ レモンツイスト、アンチョビオリーブ

Zubrovka Martini　ズブロッカ・マティーニ
ドライベルモット5ml ウォッカ30ml ズブロッカ25ml
ガーニッシュ ライムツイスト

Calvados Martini　カルバドス・マティーニ
ウォッカ40ml カルバドス20ml ガーニッシュ ライムツイスト

Pernod Top Martini　ペルノトップ・マティーニ
ドライベルモット5ml ドライジン55ml ペルノ少々
※カクテルグラスをペルノでリンスし、ステアーされた素材を注ぐ。

Islay Single Malt Martini　アイレイシングルモルト・マティーニ
ラフロイグ10年少々 ウォッカ60ml
※ラフロイグ10年をミキシンググラスにリンスし、ウォッカを満たす。ステアーせずに素早くカクテルグラスに注ぐ。

Rye Royal　ライロイヤル
ライウイスキー10ml スパークリングワイン適量
※スパークリングワインをフルート形シャンパングラスに注ぎ、静かにライウイスキーを上からフロートする。木樽で熟成させた、ビンテージ・シャンパンのイメージ。樽香とライ麦のコクとボリュームがマリアージュする。

Very Berry　ベリーベリー
クレーム・ド・カシス20ml クレーム・ド・フランボワーズ20ml
フレッシュレモンジュース20ml
※カシス、フランボワーズ共に果実のエキス分が多いものを選ぶ。素材をシェイカーに入れ、長めのハードシェイクで味をまとめる。酸味と甘味のバランスが重要なので、レモンは絞りたてを使用する。摘みたての果実が濃縮されたような味わい。

My Friday　マイフライデー
コアントロー20ml レモンジュース15ml
トニックウォーター、ソーダ半々 レモンツイスト
※コアントロー、レモンジュースをシェイクし、氷を入れたワイングラスに注ぐ。トニック、ソーダを満たして、最後にレモンツイストで香りを付ける。

Second Order　セカンドオーダー
ダークラム10ml モナン・パッションフルーツシロップ10ml
パイナップルジュース35ml フレッシュライム5ml グレナデンシロップ少々

BLOODY MARYS　ブラッディマリー
Red Snapper　レッドスナッパー
ドライジン30ml トマトジュース適量 ガーニッシュ レモン

Bloody Maria　ブラッディーマリア
ホワイトテキーラ30ml トマトジュース適量 ガーニッシュ ライム

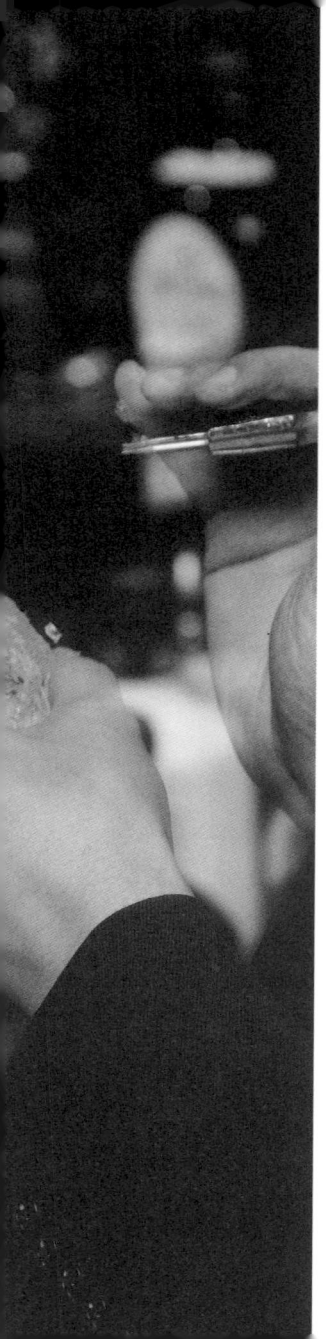

My Little Mary　マイリトルマリー
クレームドカシス15ml　トマトジュース約180ml
※素材を大きめのシェイカーに入れ高速のハードシェイクでホイップする。グラスに最後の1滴まで注ぎきり、泡が上がってくるまで、3分ほど待つ。

Bloody Jim　ブラッディージム
ウォッカ30ml　トマトジュース適量
ドライシェリー15ml
※タンブラーにウォッカ、トマトジュースを入れ、ステアーし、最後にドライシェリーをトップにフロートする。セロリや香味野菜の香りが立ち上がる。

Cajun Mary　ケイジャンマリー
ペッパーウォッカ30ml　トマトジュース適量
ケイジャンソース(なければタバスコ)適量
ガーニッシュ　パラペーニョピクルス
※ケイジャンとはアメリカ南部ニューオーリンズの独特なスパイス感。

Bloody Caesar　ブラッディーシーザー
ウォッカ30ml　クラマトジュース、トマトジュース半々。ガーニッシュ　レモン

Gazpacho Mary　ガスパッチョマリー
ウォッカ30ml　ブラッディーマリーMIX
トマトジュース半々　塩、胡椒適量
ガーニッシュ　ライム

Sauza Con Caliente
サウザ・コン・カリエンテ

塩を舐め、ホワイトテキーラをストレートで一気に飲み干す。ライムをかじり、最後にチリソースを混ぜたトマトジュースをショットで飲み干す。

Michael Collins　マイケル・コリンズ
ブッシュミルズ・アイリッシュウイスキー20ml
クレーム・ド・ダークカカオリキュール20ml
クリーム20ml
※素材をシェイカーに入れ、ホイッパーで泡立たせるように、空気を入れながらハードシェイクする。ドミニカ産などの軽めの葉巻に良く合う。濃い目のコーヒーに合わせるのも良い。

Le Midi　ル・ミディ
クリーム25ml　ホワイトカカオリキュール25ml
パスティス10ml　ピスタチオ一粒
※ピスタチオを細かく刻んで、カクテルグラスの渕に飾る。
素材をシェイカーに入れ、口どけ良く仕上がるように泡立てながらシェイクする。香草の香りとピスタチオのナッティーさがアクセント。

Off　オフ
パスティス10ml　フレッシュミント数束　ホワイトミントリキュール5ml
トニックウォーター少々　ソーダ適量
※タンブラーにパスティス、フレッシュミント、ホワイトミントリキュールを入れ、バースプーンで香りを出すために優しく潰す。氷を満たし、トニック、ソーダの順に注ぎ軽く混ぜる。最後に叩いて香りを出したミントの新芽を飾る。

Park Hotel Tokyo　パークホテル・東京
カルバドス30ml　アマレットリキュール15ml
フレッシュライムジュース15ml　グレナデンシロップ適量
※カクテルグラスにグレナデンシロップを注ぎ、逆さまにして、グラスを回しながら、内側にリンスする。素材をシェイクして、グレナデンシロップでリンスされたカクテルグラスに一気に注ぐ。最初はマーブル状に赤いグレナデンシロップが漂い泳ぐ。しばらくすると、カクテルグラスの内側をつたい底へ降りてくる。一口目は果実の酸味、最後はグレナデンの甘さで落ち着く。

Hard Shaken Salty Dog　ハードシェイクン・ソルティー・ドッグ
ウォッカ20ml　グレープフルーツジュース適量　岩塩少々
※シェイカーの中に素材を入れ、チップした氷がカクテルの表面に浮き上がるほど、ガチャガチャにハードシェイクする。岩塩により甘さが増し、一口目はチップした氷の舌触りにより、微発泡したイタリアの白ワインのような爽快感が感じられる。

Family　ファミリー
オードヴィー・ド・ポアール10ml　プレーンシロップ3tsp
フレッシュミント3束　スパークリングワイン適量
※シェイカーの中にフレッシュミント、オードヴィー・ド・ポアール、プレーンシロップを入れ、香りを出すためにハードシェイクする。茶漉して漉しながらフルート形シャンパングラスに注ぎ、スパークリングワインで満たす。

1588
ドライジン20ml　ダークラム25ml　グランマニエ10ml　レモンジュース5ml
※素材をシェイカーに入れ、ドライジンの香りを消すように、長めのシェイクで味をまとめる。ダークラムの甘さが消え、シャープな味わい。

Your Cocktail　ユア・カクテル
お好みに合わせてお作り致します。

あとがき

　私は閉店後の誰もいないバーカウンターに座った。何処かで水道の蛇口から水滴が落ちる音が響いた。煙草に火をつけて、バックカウンターのボトルを眺める。ボトルのラベルは私にとっての想い出のアルバムだ。今まで出会った沢山のお客様を想い浮かべる。六本木、ニューヨーク、那須、汐留……立ったカウンターの場所は違うが、創ったカクテルの味は変わらない。私のカクテルレシピはさまざまな理由で、カウンターの向こう側に座った人達との出会いで生まれた。明日は何を想い、誰のためにカクテルを創ろうか？　ゆっくりとした穏やかな時間が過ぎていく。しばらくして、煙草をもみ消すと、私はカウンターに入った。神聖な気持ちで心を落ち着けると、いつものように突然カクテルがひらめいた。創りあげたカクテルを一口飲む。味覚は記憶になる。いろんな香りを記憶しながらカクテルを飲み干す。ペンは取らない。その時の感性が大切だ。全てはその瞬間に生まれるものだ。自分の店のカウンターはとても居心地が良い。何時間でもいられる。東京の空が紫色に染まり始めた頃、私はゆっくりとバーの扉を閉めた。

Perfect Martini

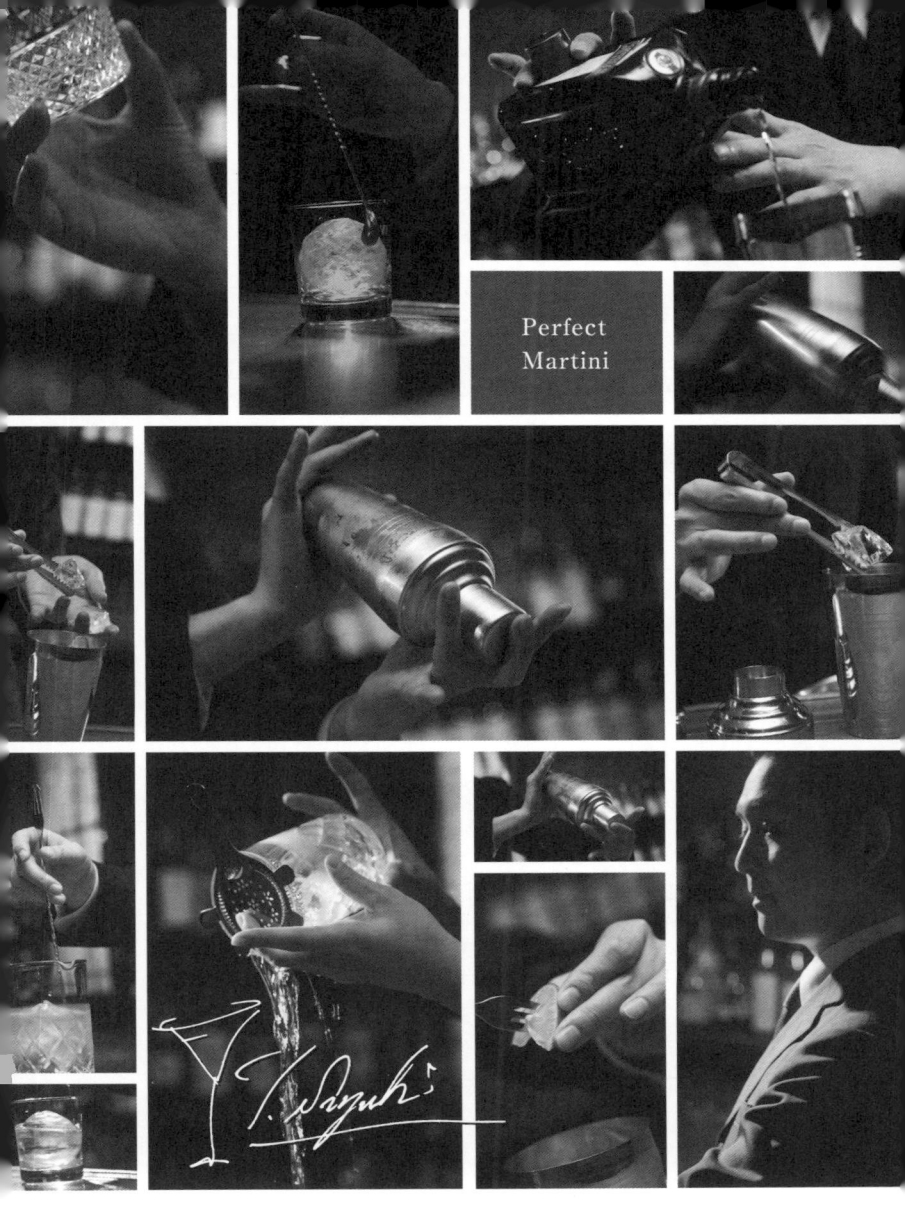

あとがき 125

鈴木 隆行　Suzuki Takayuki

六本木でバーの世界に入ったのち、24歳でニューヨークの国際バーテンダースクールに留学、カクテルの真髄を学ぶ。
卒業後、アメリカ国内ほとんどのバーを巡ったのち帰国。
那須にあるデザインホテルズ二期倶楽部のメインバーのオープニングを一任され6年間勤務。その後、那須高原に隠れ家的バーを開くかたわら、2003年4月より芝パークホテル、バーフィフティーンの店長に就任。同年9月、汐留のデザインホテルズ、パークホテル東京のメインバーを立ち上げ現在に至る。

芝パークホテル　バーフィフティーン店長
パークホテル東京　bar à vins　カクテルコーディネーター
Bar Vieux carre　オーナーバーテンダー
NHK文化センター　カクテル講座 講師
鈴木隆行バーテンダースクール ディレクター

鈴木隆行バーテンダースクール
http://www.bartenderschool.jp/

芝パークホテル
http://www.shibaparkhotel.com/

パークホテル東京
http://www.parkhoteltokyo.com/

富野 博則　Tomino Hironori

1970年熊本県生まれ。様々な職業を経験し、
思春期をロサンゼルス、ニューヨークで過ごす。
東京綜合写真専門学校卒業。Tomino Studio主催。
クリエイティブユニット"MOON"フォトグラファー。
http://www.moooon.jp/

パーフェクト・マティーニ

2007年4月5日 第1刷発行

著者	鈴木隆行
写真	富野博則
デザイン	金子達郎

発行者	井上弘治
発行所	駒草出版株式会社
	〒110-0016　東京都台東区台東1-7-2 秋州ビル2F
	TEL 03-3834-9087
	FAX 03-3831-8885
印刷・製本	株式会社 大電

©Takayuki Suzuki
printed in japan
落丁、乱丁本はお取り替えいたします。
ISBN978-4-903186-32-0 C0076